ROBERT LE DIABLE
Roman du XIIe siècle

Le Moyen Âge
dans la même collection

ANSELME DE CANTORBERY, *Proslogion.*

Aucassin et Nicolette (bilingue).

AVERROÈS, *Discours décisif* (bilingue). — *L'Intelligence et la pensée.* — *L'Islam et la Raison.*

BOÈCE, *Traités théologiques.*

La Chanson de Roland (bilingue).

CHRÉTIEN DE TROYES, *Érec et Énide* (bilingue). — *Lancelot ou le Chevalier de la charrette* (bilingue). — *Perceval ou le Conte du graal* (bilingue). — *Yvain ou le Chevalier au lion* (bilingue).

COMMYNES, *Mémoires sur Charles VIII et l'Italie* (bilingue).

COUDRETTE, *Le Roman de Mélusine.*

Courtois d'Arras, L'Enfant prodigue (bilingue).

DANTE, *La Divine Comédie* (bilingue) : *L'Enfer.* — *Le Purgatoire.* — *Le Paradis.*

MAÎTRE ECKHART, *Traités et sermons.*

Fables françaises du Moyen Âge (bilingue).

Fabliaux du Moyen Âge (bilingue).

La Farce de Maître Pierre Pathelin (bilingue).

Farces du Moyen Âge (bilingue).

HÉLOÏSE ET ABÉLARD, *Lettres et Vies.*

IDRÎSÎ, *La Première Géographie de l'Occident.*

LA HALLE, *Le Jeu de la Feuillée* (bilingue). — *Le Jeu de Robin et de Marion* (bilingue).

Lais féeriques des XIIe *et* XIIIe *siècles* (bilingue).

LA LITTÉRATURE FRANÇAISE DU MOYEN ÂGE (bilingue) (deux volumes)

LORRIS, *Le Roman de la rose* (bilingue).

MARIE DE FRANCE, *Lais* (bilingue).

Le Mythe de Tristan et Iseut (édition avec dossier).

Nouvelles occitanes du Moyen Âge.

L'Orient au temps des croisades.

RAZI, *La Médecine spirituelle.*

ROBERT DE BORON, *Merlin.*

Robert le Diable.

Le Roman de Renart (bilingue) (deux volumes).

RUTEBEUF, *Le Miracle de Théophile* (bilingue).

THOMAS D'AQUIN, *Contre Averroès* (bilingue). — *Somme contre les gentils* (quatre volumes).

VILLEHARDOUIN, *La Conquête de Constantinople.*

VILLON, *Poésies* (bilingue).

VORAGINE, *La Légende dorée* (deux volumes).

ROBERT LE DIABLE

Roman du XIIe siècle

Traduction, introduction,
notes et bibliographie
par
Alexandre MICHA

GF-Flammarion

ISBN : 978-2-0807-0878-6

INTRODUCTION

Le touriste qui emprunte l'autoroute de Normandie A 13 découvre après avoir dépassé de peu Rouen un château à demi ruiné, sur la droite, à moitié dissimulé dans les frondaisons. Un panneau le renseigne : c'est le château de Robert le Diable. Cette forteresse fut construite au XIe siècle. Démantelée par Jean sans Terre qui, menacé par Philippe Auguste, l'abandonna au lieu de la défendre, en se réfugiant en Angleterre, elle fut détruite en 1416 par les Rouennais, afin d'empêcher les Anglais de se fortifier dans leur conquête de la Normandie. Richard Cœur de Lion y séjourna.

Qui était ce Robert dit le Diable ? D'après certains historiens, Robert Ier le Magnifique qui séduisit Arlette, la jeune lavandière de Falaise dont il eut un fils, le futur Guillaume le Conquérant. Il vécut sans doute dans ce château durant ses déplacements entre Falaise et Rouen. Il se signala par ses brutalités; il était bien fait pour devenir un personnage de légende et son nom s'identifia au château situé à proximité de la Seine. Il partit en pèlerinage pour la Terre Sainte, afin de se faire pardonner ses fautes, et mourut de la peste à Nicée (1085). Ces quelques points de ressemblance avec le héros de notre roman n'emportent pas toutefois la conviction. Si la légende s'est localisée en Normandie, ce dont témoignent les *Chroniques de Normandie*, c'est que plusieurs ducs de Normandie et plusieurs héros normands ont porté ce nom de Robert : outre celui dont nous venons de parler, son fils prénommé lui aussi Robert (Courte Heuse) et le fameux Robert Guiscard, fondateur du royaume de Naples.

Mais l'imagination populaire n'aurait-elle pas créé ce personnage hors du commun ? Dans ses *Contes populaires lorrains*, Cosquin a recueilli des contes sur Robert le Diable ; en les comparant entre eux et en pratiquant un amalgame il est possible de construire approximativement la base de la légende, comme le propose Löseth dans son édition. On y reconnaît la vieille histoire du « teigneux ».

Deux époux désirent avoir un enfant et obtiennent un fils grâce à l'intervention d'un être surnaturel. L'enfant croît en force et en beauté. La mère doit à un délai fixé le livrer au démon. C'est alors que l'enfant la force à avouer le secret de sa naissance. Il parvient à échapper au pouvoir du diable ; pendant son séjour chez celui-ci il a touché à un objet défendu et ses cheveux sont devenus d'or.

Arrivé à la cour d'un prince, il mène une existence obscure comme jardinier, inconnu de tout le monde. Il contrefait le fou et le muet, en ayant soin de cacher sa chevelure sous un couvre-chef. Mais la princesse s'est éprise de lui ; elle a vu les cheveux de l'inconnu, alors qu'il était dans le jardin. Le seigneur, son père, est contrarié de cet amour, mais voici que ses ennemis envahissent son royaume. Le jardinier reçoit de façon surnaturelle un cheval et une armure. Il fait merveille à la bataille, trois fois vainqueur, après quoi, toujours incognito, il se retire chez lui. On espère le reconnaître grâce à une blessure qu'après le troisième engagement lui ont faite des chevaliers qui avaient mission de l'arrêter. Un rival s'inflige volontairement une blessure, afin de se faire passer pour l'inconnu, mais il est démasqué. Tout finit par un mariage entre la princesse et le héros qui monte sur le trône.

Et voici un bref résumé du roman. La duchesse de Normandie, n'obtenant pas d'enfant, adresse de guerre lasse ses prières au diable. Exaucée, elle met au monde un garçon qui dès son bas âge maltraite et épouvante son entourage. Adulte, il commet crime sur crime et devient le chef d'une bande de brigands. Effrayé par son comportement, il arrache à sa mère le secret de sa naissance. Il va alors à Rome se confesser au pape qui l'envoie chez un saint ermite. Celui-ci le soumet à une terrible pénitence : il devra provoquer et subir toutes sortes de vexations, observer en toute occasion le silence en acceptant de passer pour fou, enfin ne se nourrir que d'aliments disputés à des chiens. A la cour impériale où il se réfugie, il est logé dans un chenil et se soumet scrupuleusement à ces rigueurs.

L'empire est envahi par les Turcs et les Romains ont le dessous dans cet affrontement. Un beau chevalier envoyé par le ciel apparaît alors au pénitent, lui remet un équipement et l'envoie combattre l'envahisseur dont il triomphe brillamment. La fille de l'empereur a assisté de sa fenêtre à la remise des armes et soupçonne bien qu'elle n'est pas en présence d'un fou ; mais, muette de naissance, elle ne peut rien révéler clairement à son père, autrement que par le langage des signes. Une deuxième invasion voit la victoire de Robert. Une troisième fois encore et grâce à l'aide de l'envoyé céleste il repousse l'ennemi, mais il est blessé à la cuisse par un des chevaliers romains qui s'étaient embusqués pour découvrir son identité. Robert parvient à lui échapper, retire de sa plaie le fer qui l'a frappé et le cache sous terre. L'empereur a promis la main de sa fille au héros inconnu qui par trois fois l'a sauvé. Les recherches restent vaines. Par un subterfuge le puissant sénéchal de l'empire qui avait fait la guerre à son suzerain et lui avait refusé son aide lors des invasions simule une blessure pour épouser la jeune princesse qu'il aime. Mais celle-ci déjoue sa manœuvre et sa fourberie en recouvrant la parole par la grâce de Dieu. Délié par l'ermite de sa pénitence, Robert se fait connaître à la cour. L'empereur lui offre sa fille en mariage et son royaume, mais Robert refuse l'offre, se fait anachorète et meurt en odeur de sainteté.

De cette histoire dont le roman constitue en littérature la tête de ligne, il nous reste plusieurs versions : un *exemplum* (récit moral) d'Étienne de Bourbon (XIIIe siècle), un conte qui ouvre les *Chroniques de Normandie* (fin du XIIIe siècle), un *Miracle par personnage* de Gautier de Coincy (XIIIe siècle), un *Dit* du XIVe siècle en 254 quatrains monorimes, mis ensuite en prose au XVe siècle ; à quoi il faut ajouter un texte allemand du XVe siècle et un texte anglais, *Sir Gowthen*, de la même époque ; enfin des textes imprimés de 1496 à 1580 qui suivent de près notre roman.

Chacun de ces écrits a traité à sa manière les données du roman, ajoutant ici des détails, en supprimant d'autres. Par exemple, Robert est poursuivi par des enfants (*Exemplum, Dit, Textes imprimés*), il rit en voyant des fromages (*Miracle, Dit*), fait bouillir un chat (*Dit, Textes imprimés*), il est tondu (*exemplum, roman*). Le *Dit* et les imprimés ajoutent des épisodes comiques : le pseudo-fou jette une riche juive (une reine dans les *Imprimés*) dans la boue et fait baiser le cul d'un chien à un juif qui dînait avec l'empereur. Mais dans toutes les versions Robert observe les trois conditions de sa pénitence et couche avec les chiens sous un escalier.

Les représentations se rapportant à la folie sont des motifs connus et répertoriés dans les textes littéraires et hagiographiques, comme l'a montré J. Berlioz dans sa belle étude. Le motif du silence procède de la règle de saint Benoît; le reclus vivant sous un escalier se trouve dans la *Vie de saint Alexis*; dans les vies de saints ceux qui simulent la folie sont l'objet de persécutions et de dérision. La simulation de folie, mais cette fois pour favoriser des rapports amoureux, est celle d'Ipomédon et de Tristan dans les *Folies Tristan*.

L'auteur de notre roman n'a pas signé son œuvre. Löseth le date avec vraisemblance de la fin du XIIe siècle et son édition le catalogue en sous-titre parmi les romans d'*aventures*. Certes les aventures ne manquent pas, et combien dramatiques. Le romancier use de motifs habituels à ce genre de littérature : des batailles, et pas moins de trois campagnes; l'incognito d'un éblouissant guerrier; un être surgi de l'au-delà, comme dans le lai d'*Yonec* et dans les romans de *Durmart le Gallois* et d'*Escanor*; une princesse amoureuse et dont le père condamne ses amours; un empereur en difficulté face à ses ennemis et qui accorde la main de sa fille à son héroïque sauveur comme dans *Ille et Galeron*, par exemple; un fils qui exige de sa mère une explication sur sa naissance en la menaçant de son épée, comme dans le lai de *Tydorel*; un sénéchal rebelle, éconduit dans ses projets matrimoniaux : l'épisode du sénéchal imposteur et démasqué est à mettre en parallèle avec celui où dans le *Tristan* le sénéchal Anguingueron se présente lui aussi avec une preuve matérielle, la tête du dragon (comme ici le fer de lance) pour épouser Iseut. Notre auteur connaît donc parfaitement la littérature romanesque de son temps en intégrant réminiscences et thèmes courants dans la contexture de son œuvre. Il la qualifie une fois de *geste* et ce terme retient l'attention. N'y cherchons pas toutefois un écrit qui expliquerait, comme dans les *Chroniques de Normandie*, des récits légendaires qui ouvraient certains textes généalogiques aux XIe et XIIe siècles et où le héros fondateur prend l'allure d'un type exemplaire : Robert le Diable n'est pas le fondateur d'une lignée; il est seulement, et très indirectement, lc fondateur d'une abbaye.

L'aventure est ici une aventure intérieure, le « récit dramatique d'une conversion dans le sang et la honte », a-t-on dit justement[1]. Certes cette suite d'épisodes n'est pas sans rapport avec une littérature de divertissement : l'imprévu, le « sus-

1. J.-Charles Payen, *Le Roman*, Brepols, 1975.

pense », les obstacles à franchir, le coup de théâtre en sont des éléments importants. Mais l'esprit en est tout autre : c'est celui des *exempla*, ces écrits d'inspiration édifiante aux frontières du profane et du religieux ; il accueille l'exploit chevaleresque, mais annexé à un domaine nouveau et exprime à travers un scénario propre à susciter la curiosité du lecteur une leçon de haute spiritualité.

Robert le Diable est le roman d'une destinée. Au départ, la faute, peut-être pardonnable, d'une mère qui désire passionnément avoir un fils et qui dans un moment d'égarement, poussée à bout, fait appel à la puissance de l'enfer, à l'Ennemi dont on sait qu'il a le privilège de favoriser les naissances, voire d'y prendre une part active, comme dans le *Merlin* de Robert de Boron où un incube féconde la fille d'un riche seigneur qui donnera le jour au futur prophète. L'enfant sera marqué par cette origine criminelle : dès son adolescence il devient un hors-la-loi qui répand la terreur autour de lui, de même que Merlin épouvantait son entourage par ses dons et son origine suspecte. Robert se met à la tête d'une bande de brigands ; il s'en prend aux gens d'Église, incendie un monastère, viole les nonnes, massacre plusieurs chevaliers au mépris des règles de la chevalerie.

Mais vient un jour où ce redoutable assassin prend conscience de son inexplicable et insurmontable cruauté. Il veut en savoir les raisons et voir clair en lui-même ; un besoin de lucidité (est-ce un effet de la grâce ?) l'oblige à menacer sa mère pour connaître toute la vérité. Sa conversion est immédiate. Alors commence le roman d'un rachat ; il fera un pèlerinage à Rome pour se confesser au pape et gagner son salut; il accepte de la bouche de l'ermite inspiré par le ciel les dures conditions d'une pénitence qui va transformer sa vie.

Le temps de pénitence dure des années — dix ans, nous dit-on — sans aucun manquement du pécheur repenti. La pénitence est un tout qui exige le repentir, la confession et la satisfaction, comme l'enseigne Gratien au milieu du XIIe siècle. Le repentir de Robert est profond; Robert le Malfaisant est désormais un être humble et soumis, pénétré du souvenir de ses fautes. Le romancier n'analyse pas cette mutation de l'âme : Robert passe brusquement de l'état de pécheur à celui de pénitent, le monstre est un serviteur de Dieu, comme s'il avait commis ses forfaits « absent à lui-même », rendu à un autre lui-même. Il paye sa conduite coupable par une épreuve ininterrompue, non seulement par l'acceptation de traitements infamants, mais par une sorte de retour à l'animalité en vivant avec des chiens, et va jusqu'à marcher à quatre pattes. Il satisfait ainsi aux deux modes de pénitence conjoints, tels que les a définis Hugues de Saint-Victor dans ce même XIIe siècle : une pénitence extérieure par l'affliction de la chair et la mortification réparatrice qui rachète la réalité de l'acte mauvais, une pénitence intérieure par la contrition du cœur qui rachète l'intention mauvaise.

Le rôle de la confession enfin reste éminent. Robert va demander le pardon de ses fautes au pape qui dans son embarras l'adresse à un ermite, hors de toute hiérarchie officielle, mais en communication directe avec le Ciel : avec la réforme de Grégoire VII le prêtre devient en effet l'intermédiaire indispensable entre le pécheur et Dieu.

Nous sommes au temps du « contritionnisme », « le mode de pénitence, dit J.-Ch. Payen, le plus adapté à des natures excessives aussi portées à des actes de violence aveugle qu'à des élans mystiques subits et sincères[1] ». La rémission des péchés est fondée sur une confession auriculaire[2] qui a pour effet une expiation visible et une profonde réforme des mœurs, après une absolution en bonne et due forme : contritionniste larmoyant, Robert ne cesse de verser des larmes sur ses péchés. On pleurait beaucoup déjà dans les anciennes épopées et non moins dans les romans, expression propre à la sensibilité romane. Ce don des larmes n'est au reste pas le fait du seul Robert : en toutes circonstances des larmes d'émotion, de crainte, de joie, de tristesse montent aux yeux de l'ermite, de l'empereur, de sa fille et des Romains.

Robert s'est acquis des mérites en observant scrupuleusement tout ce qui lui a été imposé ; il en sera récompensé. Intervient alors un merveilleux tout différent de celui des romans bretons. Déjà une main céleste apporte à l'ermite une réponse qu'il attend. Un ange, sous l'aspect d'un chevalier, apporte à Robert le cheval blanc et la blanche armure qui vont faire de lui le sauveur providentiel de l'empire : le blanc est la couleur symbolique des êtres, hommes ou animaux, qui relèvent d'un monde féerique ou surnaturel : les blancs chevaliers défenseurs dans les romans des justes causes, le blanc cerf d'*Erec*, la biche blanche dans *Tyolet*, etc. Dès les Écritures et

1. Sur tous ces problèmes relatifs à la pénitence voir J.-Ch. Payen, *Le Motif du repentir*.

2. Elle devient obligatoire au début du XIIIe siècle.

dans *La Chanson de Roland*, les anges sont les messagers de Dieu et à ce titre interviennent dans les affaires humaines : un ange réconforte Anne et Joachim, eux aussi longtemps sans enfant ; un autre transmet les ordres et les encouragements divins dans l'*Histoire du Graal* de Robert de Boron, etc.

Le souci est constant de souligner la puissance de Dieu. Si la fille de l'empereur est muette, c'est que cette infirmité ajoute au piquant de la situation, puisqu'elle ne peut pas avertir clairement son père de ce qu'elle sait, pour l'avoir vu, de l'inconnu ; mais c'est aussi pour permettre à Dieu de faire un miracle. Le dénouement final s'inspire du même esprit. Robert succède au saint ermite qui a collaboré à sa rédemption et meurt en odeur de sainteté ; il renonce aux grandeurs de ce monde ; une abbaye est fondée sous son patronage. C'est un autre lieu commun de la littérature hagiographique : les grands repentis (on peut songer au *Moniage Guillaume*) accèdent à la paix, voire à la sainteté, après une vie turbulente ou coupable dans le siècle. Le *Dit*, suivi par les textes imprimés, modifiera le dénouement conformément aux fins heureuses des romans d'aventure. Robert épouse la fille de l'empereur.

Il faut dire un mot des qualités littéraires du roman. La structure en est d'une parfaite simplicité. Après l'énumération des forfaits, conséquence d'une faute à laquelle le héros n'a pas eu part, viennent une suite d'épreuves au cours desquelles il se signale par sa bravoure ; l'incognito est enfin dissipé et Robert rétabli dans ses privilèges. Toute la partie centrale est bâtie sur le même canevas : Robert reçoit des armes, se bat, anéantit les Turcs, les repousse à la mer; chaque fois on s'interroge sur la personne du vainqueur, chaque fois un repas est offert par l'empereur pour fêter la victoire pris de pitié pour son fou qu'on a maltraité. Les retours répétés du vainqueur à son misérable chenil, suivis d'accablement, de souffrance et de résignation contribuent à faire sentir le poids de la pénitence. Chaque fois la jeune fille, témoin de ses faits et gestes, éprouve une admiration croissante pour lui : chaque fois elle essaie de la faire partager à son père, mais le romancier a eu soin de ménager une gradation : la première fois les dames déchiffrent seulement la signification des signes que fait la princesse, la fois suivante elles désavouent sa conduite, enfin la vieille servante l'accuse de folie, mais apporte un commencement de justification en racontant par le détail tout ce que la jeune fille a vu.

Les pages épiques sont dans la tradition de la chanson de geste : vue panoramique sur le camp ennemi avec éclat des armes et bannières flottant au vent, conseils de guerre, confessions à la veille des engagements, formations des bataillons, mouvements des troupes sur le terrain.

Beaucoup de scènes animées sont prises sur le vif : les bousculades à la porte du pape chez qui l'on n'entre que moyennant argent, la ruse de Robert pour aborder le pontife, son arrivée mouvementée chez l'empereur, les attroupements qu'il provoque dans les rues, les curieux qui se pressent pour voir passer le sénéchal à son entrée à Rome, et la grande scène qui aboutit à la fuite de l'imposteur suivie des révélations de Robert.

Le récit n'est ralenti ni par une complaisance à

la description ni par l'analyse des sentiments. Les personnages se font connaître par leurs gestes et leurs attitudes. L'empereur manque plus d'une fois de caractère et de grandeur ; il perd son sang-froid devant le danger qui menace Rome, mais devient un père autoritaire dans ses rabrouements de colère vis-à-vis de sa fille. Les longues séances qu'elle passe à sa fenêtre en disent long sur sa curiosité et son admiration pour Robert, tout comme son entêtement à communiquer par signes en dit long sur sa détermination. Robert ne se lasse pas de disputer sa maigre pitance au chien ; sa stricte obligation de subir les risées et les coups a fait de lui un bouffon malgré lui, un « faiseur de bons tours » qui réjouit la cour par ses extravagances et joue le rôle d'un boute-en-train qui entretient la bonne humeur de tous.

Comme il est fréquent chez les narrateurs médiévaux, et en particulier dans les chansons de geste, l'auteur intervient volontiers au cours du récit : il annonce en quelques mots la suite heureuse ou malheureuse des événements, il fait appel à l'attention du lecteur, formule des souhaits pour ses personnages, commente les faits, exprime sa pitié ou ses exécrations.

Si la langue manque parfois de richesse et de variété (beaucoup de termes répétitifs à propos des tueries des Turcs, par exemple), elle est d'une clarté toute classique. Les images sont rares et le plus souvent appartiennent à un fond traditionnel : Robert plus cruel que le loup qui fond sur les brebis, la jeune fille plus vermeille que la rose ou plus blanche que fleur de lis. Mais çà et là perce une expression originale et familière : après avoir renversé une multitude d'adversaires, Robert « laisse de quoi glaner aux

Romains » et des fragments de dialogue donnent de l'animation au récit. Quelques coups de crayon suffisent à dessiner la source sous le pin, la toilette de la princesse assise près de son père à l'assemblée ou la couche de Robert sous la voûte de la chapelle.

L'histoire de Robert le Diable a été plus largement diffusée que ne pourrait le laisser croire une tradition manuscrite en français réduite à deux manuscrits. Il existe des traductions-versions en espagnol, portugais, néerlandais, outre les textes allemand et anglais que nous avons signalés ci-dessus. Elle a circulé en Italie dans des recueils d'exempla[1]. Plus près de nous elle a été recueillie par la Bibliothèque Bleue. Meyerbeer en a fait le sujet d'un de ses opéras.

Notre traduction est faite d'après l'édition de E. Löseth.

Alexandre MICHA.

1. Pour tous les problèmes concernant la légende et son histoire il faudra se reporter aux travaux d'Élisabeth Gaucher qui prépare une nouvelle édition du roman. Elle a, dans ses projets, l'intention de suivre les remaniements successifs de l'œuvre, en s'attachant à la Bibliothèque Bleue, et de faire le bilan des différents états de la légende.

Nous la remercions ici pour les précieux renseignements qu'elle a bien voulu nous donner et nos remerciements vont aussi à Mme Labory qui étudie les *Chroniques de Normandie*.

ROBERT LE DIABLE

Roman du XIIe siècle

Écoutez à présent, grands et petits! Il y avait aux temps anciens un duc de Normandie dont je dois vous parler. C'était un homme de bien, de haut lignage, avec de nombreux vassaux. C'était un homme de très haute noblesse, fort brave, un guerrier chevaleresque. Quand il fut à la fleur de l'âge, les seigneurs de son duché, comme ses chevaliers, lui conseillèrent de prendre femme et le duc y consentit de bon cœur. Ils se mirent donc en quête.

Pourquoi en dire davantage? Ils lui amenèrent une jeune fille, la fille d'un comte, qu'il prit pour femme et épouse. Elle était de bonne famille, pourvue de grandes qualités, belle, racée, d'un heureux naturel. Les noces furent somptueuses : il y eut foule de comtes et de princes; le duc fit de nombreux dons aux joueurs d'instruments et à tout le monde.

Le duc et la duchesse vécurent longtemps ensemble sans avoir d'enfant; ils ne parvenaient pas à en avoir malgré les vœux et les prières adressées à Dieu et à saint Pierre : ils en étaient fort attristés. Il arriva qu'après la Pentecôte le duc alla chasser en forêt; ses limiers prirent un cerf. La duchesse souffrait en son cœur de ne pouvoir avoir d'enfant.

— Mon Dieu, fit-elle, comme vous me haïssez de me refuser une progéniture ! Vous accordez facilement un enfant à une pauvre femme sans ressources, et moi qui possède, Seigneur, tant de richesses, je ne puis en avoir un ! Peut-être, Seigneur, n'avez-vous aucun pouvoir pour me le donner. Diable, ajouta-t-elle, je t'en supplie, entends mon appel. Si tu me donnes un enfant, c'est à toi que j'adresserai désormais mes prières.

Elle tomba alors sur le lit, sans connaissance et, en se relevant, se fit de sévères reproches. A cet instant le duc revint de la chasse et monta aussitôt à la salle[1] ; il quitta ses bottes, entra dans la chambre toute parée d'or et y trouva sa femme. Le duc contempla sa beauté, il fut pris alors d'un tel désir de la posséder et de coucher avec elle, il en eut une telle envie qu'il l'emporta sur son lit et fit d'elle son plaisir. Maudit plaisir, hélas, car il sema en la duchesse et engendra un rejeton dont il n'aurait aucun bien à attendre ! Dans sa malice le diable avait mené toute l'affaire.

Voilà qui était fait, la dame portait l'enfant à son grand désespoir, car elle savait bien que Dieu n'y était pour rien et que l'enfant était voué au mal. Le terme approchait et, en attendant, la malheureuse se lamentait en cachette. Dans le pays tout le monde savait qu'elle était enceinte, gens de haute ou de basse condition. Ils ne s'attendaient pas à de futurs déboires, mais ils devaient en avoir et ne sauraient pas s'en préserver.

1. C'est la grande salle d'apparat où l'empereur tient sa cour, où l'on prend les repas en commun et où se déroulent les festivités.

Écoutez à présent. Le terme approchait, avec son cortège de maux. Toute une semaine, sans sommeil ni repos, elle fut en grand travail pour son enfant qui la tourmentait. Elle eut un fils, créature de malheur. A sa naissance, le duc réunit des évêques ; ils firent un sceau marqué du prénom du nouveau-né et le baptisèrent du nom de Robert. Quand l'enfant eut reçu le baptême avec le sceau, l'huile, l'eau et le saint chrême, on fit venir des nourrices pour l'allaiter. Mais il était d'un si horrible caractère qu'il ne cessait, acharné, de crier nuit et jour, de brailler, de pleurer ; il cédait à sa cruauté, même pour se nourrir et prendre le sein ; il hurlait, beuglait et criait à pleins poumons. Il mena sans relâche cette existence, toujours violent et coléreux ; il regimbait des pieds et quand ce damné tétait sa nourrice, il n'arrêtait pas de la mordre ; il hurlait, grinçait tout le temps des dents et n'était content que s'il grognait. Les nourrices de ce démon redoutaient tant de l'allaiter qu'elles lui fabriquèrent un cornet[1] pour lui donner désormais le sein. Elles avaient peur de lui, car il mordait chacune d'elles, quand elle le soulevait dans ses bras. Quand il ne pouvait mordre et égratigner, il leur donnait des coups de pied. Robert n'arrivait pas à bien se conduire et passait son temps à brailler, mais il grandissait en un seul jour plus qu'un autre en sept, et sa beauté, à quatorze ans passés, n'avait pas son égale ; il était magnifique, d'un air dégagé.

Dès qu'il put aller et venir à travers les bancs, il était si tyrannique qu'il lançait bancs et esca-

1. *Cornet* : il n'est, que l'on sache, aucun même usage de cet objet dans les textes et dans la vie courante.

beaux à la tête des nourrices et des servantes ; et quand il fut en âge de courir, il soulevait la poussière et jetait de la paille sur les gens. A un chevalier en train de bâiller il mettait des cendres dans la bouche, puis il décampait. On voulut lui apprendre à lire, mais à deux, trois ou quatre ils n'y réussirent pas malgré les coups et les raclées.

Quand il eut quinze ans révolus, il n'y eut pas de clerc, si renommé fût-il, assez hardi pour paraître à la cour, car s'il en avait tenu un dans ses mains, il l'aurait mis en pièces des pieds à la tête, et si l'homme s'était rebiffé, il lui aurait arraché les yeux et aurait mis à mal sa personne. Aucun prêtre, aucun clerc, quelle que fût sa naissance, n'aurait voulu, contre tout l'or du monde, fût-ce contre son poids du meilleur or du monde, se trouver en présence de Robert dans le palais. Et le drôle n'aurait pu se retenir, avec un gourdin à sa portée, de lui assener un coup sur la tonsure. Ah, Dieu, combien le scélérat tua de ses mains de puissants personnages ! Ce n'est pas tout : il ne pouvait voir de beaux vitraux dans les églises ou les chapelles sans les briser tous dans ses assauts, poussé par un mouvement instinctif. Les pauvres gens sans défense le rencontraient pour leur malheur ; il tuait, frappait, blessait tous ceux qui se trouvaient sur son passage.

Chaque jour des plaintes arrivaient à sa mère et au duc, son père, qui en furent grandement peinés et irrités, voyant que l'enfant tournait mal. Robert, lui, grandissait, profitait, prenait des forces ; sa croissance inquiétait beaucoup ; on aurait mieux aimé le voir décliner que gagner en vigueur. Quand il parvint à l'âge de vingt ans, il n'y avait en aucune famille d'homme assez grand pour être placé à côté de Robert sans que celui-ci ne le dépassât d'un pied. Aucun être au monde n'atteignait sa force. Tel était son destin : en tout lieu fréquenté par des gens, il aurait porté hors de leur maison deux des plus forts en les tenant bien, étonnamment vigoureux comme il l'était, extraordinairement beau de corps, de visage et de stature. On s'étonnera de le voir faire le mal, alors qu'il plaisait à bien des gens. Il massacrait ermites, reclus, moines, si bons fussent-ils, sans rémission et sans délai. Il en aurait mis à mort beaucoup plus, mais par prudence on s'enfuyait en entendant parler de Robert; moines et convers faisaient de même.

Robert semait la terreur. Le pape ne prit pas la chose à la légère : il le maudit et l'excommunia. Le duc, son père, voyant que son fils serait fermé au bien, lui interdit sa maison, le bannit de ses domaines et veilla à l'en tenir éloigné, craignant d'être assassiné par lui. Robert vit bien qu'il était haï et maudit de tous. Il s'en alla, s'éloigna sans tarder et se réfugia dans une forêt proche de Rouen, sur la Seine, emmenant une nombreuse troupe de brigands et de voleurs malfaisants, gens qui étaient à son goût. Il pouvait à présent faire le mal sans restriction, puisqu'il avait autant de gens qu'il voulait, et il ne s'en privait pas. Il parcourait en tous sens routes et sentiers; s'il rencontrait un pèlerin ou un marchand sur son chemin, il s'en saisissait sans pitié et le faisait brûler ou pendre.

Robert commit une foule de malversations, dès avant la fin de l'année. L'occasion se présenta pour lui d'incendier des abbayes dont il dispersait les habitants. S'il rencontrait une dame ou une jeune fille assez belle, il faisait d'elles ce qu'il voulait sans qu'elles pussent lui échapper. Il fit tant et si bien qu'on se plaignit de tous côtés à son père et à sa mère, la duchesse. Son père jura au nom du Créateur qu'il noierait son fils de ses mains, s'il pouvait le saisir.

— Pitié, mon époux, fit la duchesse. Si vous voulez, je calmerai vite ce tumulte sans recourir à la mort ni à la torture. Faites faire votre fils chevalier, vous le verrez alors renoncer aussitôt à sa méchanceté ; il abandonnera d'emblée son mauvais vice, sa cruauté et ses méfaits, dès qu'il sera chevalier.

Ce conseil ne déplut pas au duc. Au matin, à son lever, il envoya des messagers à la recherche de Robert ; ils se hâtèrent et découvrirent Robert dans les bois, où il donnait libre cours à sa rage. Ils lui dirent qu'il serait chevalier, s'il consentait à retourner auprès de son père. A cette nouvelle Robert déborda de joie, congédia ses brigands et partit de son côté. A Rouen, il descendit de cheval dans la salle ; on ne lui fit ni bonne ni mauvaise figure pour sa vie criminelle. Son père le gagna à son affection, lui dit qu'il le ferait chevalier, s'il voulait mettre fin à ses méfaits. Robert le lui accorda de grand cœur et fut adoubé par son père.

C'était au soir de la Pentecôte ; que cela plût ou non, Robert fut un nouveau chevalier. Pour être aimé, il distribua sans compter armes, destriers et chevaux. Ces largesses et cette joyeuse fête eurent lieu à Argences ; il fit de généreux dons en or et en pièces d'argent, il combla les joueurs d'instruments et les serviteurs. Au terme de l'assemblée, on prit rendez-vous pour un tournoi au mont Saint-Michel en Bretagne. Robert s'y rendit avec une nombreuse compagnie de chevaliers et d'autres gens. Ce fut le commencement de ses déplorables exploits de chevalier, dont tant de demeures eurent à souffrir. Sans plus attendre, Robert envoya retenir son logis. Ce soir-là il était joyeux et de bonne humeur. Le lendemain, quand il fit jour, il se rendit au tournoi, mais refusa de dire une prière dans une église ou une chapelle ; ses compagnons l'en blâmèrent, il s'en moqua comme d'un œuf écalé. Il alla donc tout droit au tournoi ; jamais, je crois, on ne verra pareille rencontre. Dès le début Robert fit trembler tous les rangs de combattants, car ses coups étaient redoutables. Il désarçonna les meilleurs chevaliers en attaque de biais comme en face à face. Comme s'il s'agissait d'une guerre mortelle, il se penchait sur les vaincus pour leur couper la tête, abattait de cheval sur le sol les mieux bâtis. Il mit fin au tournoi en dispersant les combattants. A l'unanimité les chevaliers jurèrent, par Dieu, que jamais de toute leur vie ils n'iraient tournoyer, malgré promesses et prières, en un pays où ils seraient en présence de Robert, car ils le haïssaient et le redoutaient par-dessus tout pour les défaites et les homicides qu'il leur infligeait.

Robert chevaucha à travers la Bretagne, l'Ile-de-France et la Lorraine : ce fut partout l'arrêt des tournois et la consternation. Quand il paraissait quelque part, les lâches étaient ailleurs. Quand les tournois eurent cessé, Robert, la cause de tous ces maux, s'en retourna en Normandie ; partout où il s'arrêtait, il commettait plus de délits qu'on ne saurait dire, outrages et ignobles traitements aux ordres religieux et au clergé. Il fit tant par sa conduite diabolique que personne ne l'attendait, mais chacun avait bien soin de fuir ; à peine si ses gens de pied et ses écuyers osaient l'approcher.

Il séjournait un jour au château d'Arques où était venue la duchesse et où le duc tenait sa cour. Robert, ce grand criminel, médita un coup à faire : avec ses capitaines et ses hommes il arriva à une abbaye où vivaient soixante religieuses. De ses mains, il en tua plus de cinquante parmi les plus belles, il leur enfonça l'épée dans le sein et les mit à mort, puis il saisit un brandon, et, inspiré par le diable, il incendia le dortoir et les étables. Avant de prendre la porte il avait tué maintes belles dames.

Cela fait, il sortit sur son cheval qui hennit bien haut et la forêt en retentit. Il éperonna et piqua des deux pour revenir à la ville, le visage hideux à regarder. Il mit pied à terre et parcourut des yeux le château, du haut en bas, à droite et à gauche : il ne vit personne, ni femme ni homme ; il appela son écuyer pour qu'il vienne prendre son cheval, mais dut attendre longtemps avant qu'on osât venir, tant on craignait de l'accoster.

Robert resta plongé dans ses réflexions ; perplexe, il se demanda ce qui lui arrivait et d'où venait qu'il n'inspirât que crainte et terreur, car au moment où un élan l'entraînait à faire le bien, une autre pensée surgissait en son esprit, qui la combattait et lui faisait obstacle, le détournait du bien et l'engageait résolument dans une autre voie. Cette abominable pensée lui fit haïr et railler Dieu et sa messe sous l'inspiration du diable. Il crut que ce malheur lui venait de sa naissance et que la faute en était à sa mère, qui ne s'en était jamais expliquée ; il soupçonna fort ce qui s'était passé et la défaillance qui était la cause de son péché. Il leva la tête vers le ciel sous l'impulsion du Saint-Esprit qui le convainquit qu'il pouvait encore être l'ami de Dieu. Robert jura solennellement sur les clous, sur la croix, sur la mort et la naissance de Jésus-Christ qui créa le monde, qu'il ne connaîtrait plus jamais la joie avant de savoir pourquoi il avait été si méchant homme.

Il ne tarda plus, alla tout droit à la chambre de sa mère, tira sur elle son épée dégainée, claire et tranchante. Elle vint à sa rencontre et tomba aux pieds de son fils, angoissée à l'idée de mourir.

— Mon fils, dit-elle, que veux-tu faire ? Pour quel méfait, pour quelle raison veux-tu me livrer au supplice ?

— Il faut avouer, et tout de suite, dit Robert, et vous n'avez pas une minute à vivre, si vous ne dites à l'instant pourquoi je suis si impie, si marqué par le malheur que je ne puis voir une créature appartenant à Dieu sans lui faire du mal.

— Mon fils, répondit la mère, ne plaise à Dieu que je te dise la vérité, car en l'apprenant, tu me tuerais dans la honte et la souffrance et tu n'aurais pas pitié de moi.

— Vous n'avez pas à vous inquiéter ; si vous savez la vérité, racontez-la-moi sur-le-champ ; mais si vous mentez, je ferai boire en votre cervelle cette belle épée tranchante.

Effrayée, épouvantée, sa mère lui raconta toute l'affaire de sa naissance : elle lui avoua franchement que Dieu n'avait pas voulu lui accorder d'enfant malgré ses instantes prières et qu'elle s'était adressée au diable qui lui avait donné ce fils, comme elle le lui avait demandé, c'était la pure vérité ; s'il était incapable de se bien conduire, c'était parce qu'il n'avait rien en lui qui vînt de Dieu, mais tout de l'enfer, siège du mal ; les maux qui en viennent y retourneront.

— Cher fils, c'est tout ce que j'ai à te dire.

En l'entendant, Robert fut pris d'une grande

colère, écrasé de honte et de souffrance par ce récit. Il pleura amèrement, de grosses larmes jaillirent de ses yeux et coulèrent le long de son visage plus clair que la glace, elles en sortirent à grands flots.

— Ma mère, fait-il, le moment est venu de vous quitter. S'il plaît à Dieu, le vrai martyr, jamais le diable ne sera plus mon maître, ses efforts seront vains, il ne m'aura plus à son service, je le priverai d'un de ses fidèles. Je vais aller sans plus attendre chez le pape, afin de recevoir une dure pénitence pour les méfaits et les monstrueux péchés qui m'ont souillé.

En secouant le bras et le poing, il jeta alors au loin son épée, puis avec des ciseaux qu'on lui tendit, il coupa et trancha ses cheveux. Débarrassé de sa chevelure, il s'appuya à un pilier, se déchaussa immédiatement, puis d'un pas léger il entra dans une toute petite chambre où il prit un vieux manteau, quitta jusqu'au dernier ses vêtements et revêtit un petit manteau rugueux en forme de froc sans manches. Aussitôt, en larmes, il quitta sa mère, si bouleversée de son côté qu'elle était presque folle à cause de son enfant.

Robert s'en alla, lui qui avait tourné son cœur vers Dieu. Il ne s'arrêta guère ensuite, que ce soit dans un château, dans un bourg ou dans une ville, avant d'être à Saint-Gilles, puis à Saint-Jacques le sage[1] ; de là il gagna Rome pour se confesser au pape. Mais il eut beau implorer, appeler, pousser les portes, il ne put l'approcher ; des gens étaient venus de partout pour se confes-

1. Saint-Gilles est Saint-Gilles-du-Gard, Saint-Jacques est Saint-Jacques-de-Compostelle, deux lieux de pèlerinage célèbres au Moyen Age.

ser ou présenter leurs requêtes; les bousculades et la cohue étaient telles à la porte qu'on n'entrait qu'en apportant de riches présents ou d'importantes sommes. Ainsi Robert ne réussit pas à se faire entendre. Il en fut attristé, mais, avisé et malin comme il était, il s'enquit, faute de mieux, des habitudes du pape. Un homme qui était bien au courant le renseigna avec précision; il lui dit que de bon matin une chapelle était personnellement réservée au saint homme à Saint-Jean-de-Latran, sa résidence; chaque jour il y chantait la messe, mais aucun étranger ne pouvait y assister, les dons et les promesses ne servaient à rien, car sous aucun prétexte les gardes ne le laissaient paraître à la vue de qui que ce fût, jusqu'à ce qu'il fût rentré dans sa demeure, et là personne non plus n'entrait sans sa permission par souci d'être bien gardé.

Quand Robert eut ces renseignements, il alla un soir à la chapelle, après les vêpres, vit l'endroit sombre et noir. Le bedeau qui avait allumé sa lanterne voulait fermer l'église. Sans peur, Robert alla se cacher près de l'autel sous une belle stalle, siège habituel du pape, et prit bien garde de n'être pas vu. Quand le bedeau eut fermé les portes, bien closes, afin de ne plus y revenir, le jour ne tarda pas à se lever; il prépara la chapelle où le pape devait, comme à l'accoutumée, chanter la messe. Il y entra au point du jour, accompagné de deux vieux prêtres chenus et des portiers attentifs à garder et à défendre l'entrée. Aussitôt le saint homme revêtit les habits pontificaux et commença l'office divin. Après la fin de la messe, Robert, s'en remettant à son sort, bondit de sa cachette, alla tout droit au pape, se prosterna devant lui sur le sol et lui enlaça vigoureusement la jambe qu'il tint solidement, lui interdisant tout mouvement. Il risquait sa vie pour se sauver ; dans sa détresse il implora en larmes la pitié du pape. Les portiers accoururent, les uns après les autres, le frappèrent, le roulèrent à terre, le rossèrent de coups. Mais ils eurent beau frapper, il ne lâcha pas prise et tint bon. Les portiers l'auraient tué et il aurait rendu l'âme, si le saint homme n'avait pas pris sa défense, en criant à pleins poumons et en interdisant de porter plus longtemps la main sur lui. Les brutes se retirèrent, laissèrent le pauvre pécheur couché aux pieds du pape, peu soucieux de savoir s'il vivait, disant que son père n'avait pas eu de chance avec un fils pareil, pas plus que sa mère de l'avoir porté en son sein.

— Mon ami, lui dit le pape, qui êtes-vous ? Qui vous a mis en si grand désarroi ? Dites-le-nous, si vous le savez.

— Seigneur, je voudrais vous dire combien grands sont mon trouble et ma souffrance. Je suis le plus grand pécheur du monde, j'ai été si méchant et si scélérat que je n'ai jamais aimé le roi du ciel. Je vais vous dire, seigneur, qui je suis. Mon père est le duc de Normandie, la duchesse est ma mère. Pendant dix-sept ans elle a été stérile avant d'être enceinte de moi. Je ne puis vous dire combien elle a prié Dieu de vouloir lui accorder un enfant. A la fin elle fut si exaspérée qu'elle n'eut plus confiance ni espoir en lui. Elle demanda un héritier au diable et c'est moi qu'il lui donna grâce à son pouvoir. Venu au monde grâce à lui, j'ai entrepris une telle guerre contre Dieu que le démon m'a arraché l'âme du corps et elle ne sera jamais absoute si vous ne trouvez pas le remède.

Il lui raconta alors du début à la fin ses méfaits et ses crimes sans rien passer sous silence, pénétré de honte, en larmes, la tête basse. Il avait peur que le diable ne s'emparât de sa pauvre âme, c'est ce qui l'effrayait le plus. Tandis qu'il parlait, le pape le reconnut, car il avait eu vent de son histoire. Perplexe, il ne savait que faire, car Robert avait accumulé tant de méchancetés, de péchés et de traîtrises que c'en était étonnant. Il était si embarrassé pour lui donner un conseil qu'il ne savait vraiment que faire. Le visage mouillé de larmes qui lui montaient du fond du cœur et lui ravageaient la face, Robert ne cessait de crier pitié pour le mal qu'il avait fait en sa jeunesse, quand il menait une si folle vie.

Le pape eut pitié de lui, touché par son repentir, mais ne savait quelle pénitence lui ordonner.

— Robert, mon ami, dit-il, tu resteras cette nuit avec moi, mais tu ne demeureras pas davantage. Au matin, quand tu verras le jour, je te confierai un billet et tu iras du côté des collines dans la vaste forêt appelée Marabonde, en prenant la grande route. Tu arriveras directement à une belle source, au bas de la vallée, tu suivras à droite le ruisseau et tu trouveras dans un beau site une maison et une chapelle. Il est inutile d'appeler et de se faire entendre, car il y a un marteau à la porte branlante. Tu ne frapperas que trois coups au portillon et tu attendras, assis. Au bout de quelque temps viendra à toi le saint et vertueux homme de bien qui habite là ; il n'est au monde plus saint ermite, car il ne se passe pas de jour qu'en son habitacle Dieu ne fasse pour lui un miracle : aussi y a-t-il là souvent grande presse. Trois fois l'an va te confesser à ce saint homme qui participe à la gloire divine, si pieux, de si grand mérite; il a aidé plus d'un pécheur. Salue-le de ma part, donne-lui mon billet, il saura d'emblée ton nom et qui tu es, avant que tu sortes de sa demeure. Ma lettre, quand il la lira, le mettra au courant à ton sujet; par la grâce de Dieu il saura t'imposer tout de suite une pénitence pour tes péchés. Et maintenant n'aie plus de crainte.

Robert fut heureux et soulagé d'entendre la réponse du pape de Rome que l'on tenait pour un sage. En pleurs, il lui baisa les pieds. Le pape l'emmena avec lui dans ses appartements privés, lui dicta la lettre qu'il remettrait au saint ermite, puis y mit son sceau. Au petit matin il appela Robert, lui confia le billet et lui dit d'aller à la forêt où demeurait l'ermite.

Robert s'en alla — ah, si Dieu pouvait le protéger et, par sa misécorde, l'amener à une entière réconciliation avec sa mère qui lui est si chère! Il se hâtait, désireux de revenir à Dieu au prix d'efforts et de sacrifices. Après un long trajet à travers bois il arriva à l'ermitage, trouva le marteau à la petite porte et frappa trois coups. Voici que l'ermite accourut, saint homme aux cheveux grisonnants; il vint au pas, appuyé sur sa béquille, la tête couverte d'un linge blanc, et ouvrit la porte.

— Dieu soit béni, dit-il.

Robert lui demanda l'hospitalité au nom de la charité, mais l'ermite l'avait devancé; il aurait, dit-il, un logis, celui qu'il pourrait lui offrir. Le noble jeune homme entra en se faisant petit et salua l'ermite de la part du pape en lui montrant le sceau. Le saint homme prit aussitôt connaissance du message et en comprit les intentions. Après l'avoir lu d'un bout à l'autre, il s'assit, incapable de retenir ses larmes.

— Frère, dit-il, quel malheur que votre venue au monde ! Je sais que vous venez demander une pénitence pour les péchés dont vous êtes souillé. Personne, même avec l'aide de Dieu, n'est en mesure de vous fixer une pénitence, et, pour ma part, c'est au-dessus de mes forces. Ce que je puis vous promettre, c'est de faire tout mon possible. Au petit matin, au moment de la consécration, à cet instant favorable où je tiendrai Notre-Seigneur, je le prierai humblement de vouloir m'envoyer un signe pour vous donner une pénitence. Si Dieu veut avoir pitié de vous, il m'indiquera facilement le poids à vous imposer. Pour le moment, ayez un sincère repentir pour les péchés que vous avez commis, afin d'en être lavé demain.

En l'entendant, Robert soupira du fond du cœur : il n'éprouvait que mépris pour lui-même et pleurait, plein d'amertume, amaigri, si mal en point que s'il était venu en Normandie on ne l'aurait pas reconnu. Le saint ermite le mena à son logis, lui apporta le soir pain, œufs et eau de source ; il lui offrit l'hospitalité[1], puis lui apporta de l'herbe tendre où Robert se coucha pour dormir. Mais il ne jouit pas de ce bon lit, car il ne cessait de déplorer ses péchés, redoutant de perdre le Dieu du paradis et d'être saisi par le diable.

Au point du jour, quand l'aube parut, le saint ermite se leva, prit sa lanterne et sa chandelle, vint trouver Robert et le réveilla ; il lui dit d'aller à la chapelle. Robert se dressa à cet appel et alla à l'église avec l'ermite pour entendre l'office divin.

1. « Il eut l'hôtel saint Julien », dit le texte. Saint Julien est le patron des voyageurs.

Dès qu'il fut entré, il s'étendit à plat ventre devant l'autel, de tout son long, en prières. Jamais un prisonnier dans les chaînes ne supplia Dieu de le délivrer de l'enfer avec autant d'ardeur que Robert implorant la pitié divine. Des larmes glissaient à flots le long de son visage. Que Dieu lui accorde l'accomplissement de ses désirs !

L'ermite s'employa à le servir avec dévouement ; après avoir chanté ses matines et dit ses heures de prime[1], il revêtit vite ses vêtements habituels, puis commença d'un cœur pur la sainte messe de Dieu et de la glorieuse Vierge qui l'enfanta. Le saint homme chanta donc la messe, et quand il en fut à la consécration, au moment où il tenait réellement le corps de Dieu, d'un cœur fervent, en larmes, il le supplia de l'éclairer et de le conseiller, afin de pouvoir imposer à Robert une pénitence en rapport avec son repentir. Il vit alors s'étendre devant lui une main qui tenait une petite lettre. Il était savant et instruit, il lut donc la lettre d'un bout à l'autre. Cette lecture le réjouit autant que si des deux mains il embrassait les pieds de Dieu. Il acheva sa messe sans perdre de temps, puis alla imposer à Robert la pénitence à accomplir. Le brave ermite l'appela :

— Mon ami, écoutez une bonne nouvelle : Dieu souhaite votre guérison. Ne vous alarmez pas de ce que je vais vous dire, je vais vous le faire savoir tout de suite, mais j'ai bien peur que vous ne puissiez endurer la pénitence fixée par Dieu.

— Seigneur, dit Robert, sachez-le, je ferai tout

1. *Prime* : la première heure du jour, c'est-à-dire six heures du matin.

au monde pour arracher mon âme au diable qui prétend en avoir sa part.

— Dieu vous aime, dit l'ermite, il vous transmet une heureuse décision. Écoutez donc, ami très cher, écoutez la pénitence que Dieu m'a indiquée pour vous. Tout d'abord, et c'est son ordre, il vous faut pour commencer vous faire passer pour fou, si benêt qu'avec des épées dégainées, des bâtons et des massues on vous pourchasse par les rues. Mais où que vous soyez, ne répondez pas par des coups, gardez-vous-en, et faites en sorte que s'écartent de vous en tremblant les coquins, les imbéciles, les malotrus qui vous feront de vilains tours. Ne laissez pas passer un seul jour sans provoquer derrière vous un attroupement des gens de la ville, y en eût-il vingt mille ; ils seront tous heureux de vous huer, de vous pousser, de vous bousculer. Cette première pénitence, mon ami, est sévère et cruelle, mais la deuxième est encore plus rude, plus atroce et plus stricte. Quand vous partirez d'ici, partout où vous serez, gardez le silence, quoi que vous voyiez, restez toujours muet. Si une parole, sensée ou folle selon l'occasion, sort de votre bouche, vous serez de nouveau l'esclave du diable ; ce que je dis est vrai, ce n'est pas une fable. Mais si à l'occasion je vous donne la permission de parler, vous pourrez, sans commettre de faute, vous expliquer. Pratiquez enfin une rigoureuse abstinence.

Apprenez maintenant, mon ami, le troisième ordre, qui vous rendra maigre et couvert de poils. Écoutez ce que Dieu vous commande : quelle que soit la faim qui vous tenaille, quelles que soient les circonstances, ne goûtez aucune autre nourriture que celle que vous arracherez aux chiens, sinon vous compromettriez le salut de votre âme. Mon ami, vous avez entendu les trois ordres que Dieu vous envoie.

Robert, la joie au cœur, dit qu'il les respecterait tous sans en oublier un seul, dût-il vivre mille ans. L'ermite jeta un coup d'œil sur son écrit et y découvrit encore un point dont il fit part à Robert.

— Ami, encore une chose qui vous concerne : si vient à vous un homme, un messager, n'importe qui, qui vous ordonne de la part de Dieu d'accomplir tel ou tel acte, n'hésitez pas à le faire, à condition qu'il vous énumère, comme une preuve, les trois pénitences que je vous ai imposées avec l'accord du Très-Haut. Puisque vous savez ce que Dieu attend de vous, étendez-vous à terre et implorez sa pitié.

Il se coucha de tout son long et s'en remit entièrement à Dieu, afin d'être hors des atteintes du diable. Dès qu'il se releva, l'ermite lui remit ses péchés ; il n'en fut désormais plus souillé et le diable n'eut plus de prise sur lui. Sur ces paroles, il quitta le saint homme et alla son chemin. Il arriva à Rome de très bon matin, un long bâton à la main. Dès qu'il eut passé la porte, il se mit à donner des coups, courir, sauter, hennir, et tous les bourgeois sortaient de chez eux pour voir ce cocasse spectacle. Robert fonçait sur tous ceux qui étaient assis sur le seuil de leur maison et se fit remarquer en peu de temps. Tous les Romains le prirent pour un fou, une multitude l'attaquait. Au fur et à mesure qu'il avançait, les huées grandissaient. On lui jetait de la fange, de la boue, des excréments, des chiffons, des savates, des poumons de vache, de vieilles nattes ; ils le rouaient de coups, contents d'avoir une victime. Mais il réagit, évita plusieurs fois leurs coups en se retournant, fit mine de les tuer tous, de les obliger à abandonner la place, mais ce n'était qu'un semblant. On le crut stupide au point de se moquer du mal qu'on pouvait lui faire. La racaille lui infligea mauvais traitements et brutalités ; les pierres, même les plus dures, ils les lui lançaient en pleine poitrine.

Voici que Robert était à bout, incapable de se protéger des coups ; ces enragés l'avaient tant battu qu'il en avait des bleus sur la chair, sanglante en maints endroits. Il n'en menait pas large au milieu de la populace, car de tous côtés on accourait pour le lapider et le mettre à mort. Il ne put plus résister à la souffrance, la force et le souffle lui manquèrent ; il battit en retraite, tout droit vers le donjon, au cœur de la cité, jusque vers l'antique palais qui était la résidence de l'empereur.

Vous n'avez jamais entendu ce que vous pourrez maintenant apprendre, si vous voulez me prêter attention. L'empereur dont je vous parle était un modèle de courtoisie, de prouesse, de vaillance et de largesse, mais il était fort mal en point, car il était chaque jour attaqué par son sénéchal, qui par une guerre injuste et outrageante avait ravagé sa terre ; et en voici la raison. L'empereur avait une fille, la plus belle femme que l'on connût au monde ; mais je ne sais quel manquement ou quelle faute payait la jeune fille : elle n'avait pas l'usage de la parole ; elle entendait bien tout ce qu'on lui disait, mais aucun mot ne sortait de sa bouche et elle s'adressait aux gens par signes. Toutefois la demoiselle était si belle, si séduisante que le sénéchal l'aimait passionnément. Il s'en serait allé nu et nu-pieds de par le monde, pourvu qu'il eût avec lui la belle blonde. Le sénéchal avait demandé sa main à l'empereur et l'aurait volontiers épousée, mais le père était si attaché à sa fille qu'il refusa et fit une déplaisante réponse : « C'était son unique enfant, elle était trop jeune pour se marier, il ne la lui donnerait pas. » Éconduit pour celle qu'il aimait, le sénéchal en fut profondément peiné et irrité, car il était de noble famille, riche en domaines et en rentes. Il possédait vingt bourgs, trente châteaux, quatre cités en Lombardie, il n'était homme plus hardi que lui, aucun puissant seigneur ne louait autant de terres que lui, ni n'avait d'aussi importants domaines.

Il fit la guerre à l'empereur, puisqu'il ne pouvait avoir sa fille; il dévasta et ravagea sa terre, fit du butin jusqu'à Rome grâce à ses exploits. En ville personne n'osait s'aventurer hors des portes. Les forces de l'empereur furent mises en déroute, réduites à néant. Il redoutait tant le sénéchal qu'il n'osait plus bouger ni faire une incursion en Lombardie.

Par un heureux hasard, Robert à cette époque arriva à Rome. Comme un fou, un insensé, il se dirigea vers le palais; l'empereur était assis à la maîtresse table pour son repas. Robert courut vers lui, mais le chef des huissiers de la cour vint armé de son bâton pour lui interdire l'entrée. Robert n'attendit pas ceux qui s'efforçaient de lui assener des coups sur le dos et de le pousser jusqu'à la chambre haute : hardiment, il força le barrage des huissiers, franchit le porche et arriva à bout de souffle aux pieds de l'empereur. Il resta là, debout, un long moment; les huissiers conrurent à lui et avec les grosses verges qu'ils avaient en main le rossèrent pour le mettre à mort, mais il n'entendait pas céder un pas, ils eurent beau le frapper et le battre, à quatre ils ne parvinrent pas à le faire partir.

Quand l'empereur se fut rendu compte qu'on avait poursuivi un fou, il cria aux huissiers à plein gosier de ne plus le toucher ni le frapper, puisqu'il le prenait sous sa protection ; il s'approcha de l'huissier qui avait le meilleur air : « qu'on donne à cet homme de la nourriture », ordonna-t-il, et on obéit à son ordre.

On lui apporta un pain blanc, une grande coupe pleine de vin, une écuelle remplie de viande. On déposa tout cela devant lui, sur l'herbe verte et nouvelle, mais ils ne surent que faire, car Robert jeta le tout au loin, sans se soucier de qui le verrait.

— Il n'en veut point ! dit l'empereur. Il est si parfaitement fou qu'il se nourrit de sa folie.

Il demanda alors à tout le monde de le laisser se reposer tant qu'il n'avait pas envie de manger et jusqu'à ce que la faim lui vînt. Robert resta tranquille et on ne fit plus attention à lui ; personne ne lui adressa la parole, il ne dit mot à personne, car tous étaient occupés à manger. En grand apparat, sur son haut siège, l'empereur mangeait et buvait : pour alléger son menu, on lui apporta un os de cerf où tenaient encore les nerfs, il en extrait la moelle, la porte à sa bouche, puis laisse tomber l'os sous la table, n'y voyant presque plus rien de comestible. Sous la table se trouvait un chien de chasse d'environ une vingtaine d'années. C'était une si brave, une si bonne bête parmi toutes les autres que l'empereur l'estimait au point de le laisser en toute sécurité ramasser les débris sous la table et à travers la salle ; nul ne devait en dire du mal.

Le chien vit tomber l'os, un régal pour lui, s'approcha, de ses crocs le prit dans sa gueule, mais n'eut pas de quoi se rassasier, car Robert se mit à ses côtés et le lui arracha des dents. Il saisit l'os, le rongea tout autour, le cassa dans sa mâchoire, pressé qu'il était par la faim. Profitant de l'aubaine, il rongea l'os en tirant et en tirant encore tout autour. L'empereur se mit à rire.

— Ce que je vois n'est pas banal ! Je n'ai jamais rien vu de tel ! Ce fou qui a si longtemps perdu son temps a refusé une bonne nourriture et voici qu'il prend dans la gueule du chien un os où il n'y a rien à manger, et il le dévore ! C'est un fou parfait, au vrai comportement de fou.

Il ordonna de nouveau à ses gens, tout prêts à lui obéir, d'apporter de la nourriture en quantité pour calmer la faim dont souffrait ce sot, et qui ne goûterait rien qu'il n'arrachât aux dents du chien.

On apporta sans plus attendre pain et viande à foison. Robert fut satisfait et fit bon accueil aux paroles de l'empereur. Sur l'ordre de celui-ci s'avancèrent les chasseurs qui donnèrent à manger au chien du pain blanc auquel il ne résista pas ; mais sitôt qu'il l'eut dans sa gueule, Robert bondit au milieu de la foule, le lui tira de la bouche, sans le toucher autrement, puis le mangea de bon appétit. Un charpentier et un manant renonceraient plutôt à leur besogne pour se régaler de pain, s'ils devaient travailler à jeun !

Robert avala le pain par gros morceaux. L'empereur et son entourage dans la salle s'en amusaient et en riaient, ils disaient qu'ils n'avaient jamais vu, petits ou grands, un fou aussi bizarre : on ne devrait pas battre un être aussi inoffensif. Les chasseurs abandonnèrent la viande aux chiens qui se jetèrent dessus. Robert en aurait fait son repas, s'il en avait eu la permission, mais de ses dents il en attrapa un morceau et, comme pour le pain, en prit sa part. Intrépide, il se précipita sur le pain et sur la viande qu'il dévora, et tous ceux qui le virent ne purent, malgré sa rage, se retenir de rire. L'empereur y prenait grand intérêt et jurait sur sa barbe et sur sa tête « que le frapper aurait été démence ; aussi longtemps que le fou serait à la cour, que personne ne porte la main sur lui : pour le poids de cent marcs d'or fin il ne voudrait qu'il n'y fût venu, si on pouvait le retenir ; mais qu'on le laisse aller en toute liberté à travers la ville, puisque sans aucun doute il avait perdu la raison ». Quand Robert fut rassasié, sa faim une fois calmée, il prit des morceaux de pain, en mit d'énormes portions dans sa bouche, puis alla à quatre pattes vers le chien, une brave bête, et fit passer les morceaux de sa bouche dans la gueule de l'animal qui les reçut. Robert reput ainsi le chien et avant qu'il le quittât, la bête en avait tant son soûl que depuis le jour où elle était dans le palais, elle n'eut jamais si succulente ventrée. Ce jour-là, elle fut heureuse de l'arrivée de Robert qui fut tout gain pour elle. Repu, l'animal alla se coucher sous un escalier, suivi par Robert qui avait envie de dormir tranquillement : il avait essuyé dans la journée force horions et coups de bâtons, meurtri par ses blessures. Il se coucha près du chien qui avait sa litière sous une des voûtes de la magnifique chapelle de l'empereur. Robert avait toutes les raisons de se réjouir, puisque chaque jour, de son abri, il pourrait écouter jusqu'à trois ou quatre messes, s'il le désirait.

L'empereur alla le voir et s'assit devant lui

pour savoir ce qu'il avait l'intention de faire, mais Robert, ce fou débonnaire, ne pensait qu'à sommeiller. L'empereur ne voulut plus l'inquiéter, le laissa dormir en paix et retourna à son palais en recommandant toujours de ne pas toucher à son fou. Il fit apporter foin, fourrage et paille, fit installer un lit sous la voûte, près des chiens, au malheureux qui tenait son cou de travers. Les ordres furent exécutés.

Robert n'avait plus à souffrir : il avait un lit tel qu'il le souhaitait et un maître qui lui permettait d'avoir une nourriture aux conditions fixées par l'ermite. Il pouvait à présent se coucher et s'étendre comme il voulait. Après un long sommeil il fit son signe de la croix, se dressa debout, quand, pressé par la soif, il eut envie de se désaltérer. Il erra au hasard, à droite et à gauche, pour découvrir les bâtiments de la cour et entra enfin dans un jardin peu fréquenté, planté de nombreux arbres et où poussaient herbes et bonnes racines dont on faisait d'efficaces remèdes.

Dans ce verger il trouva une source, si limpide et si belle qu'il n'en avait jamais vu de pareille. A travers la chambre de la fille de l'empereur courait le ruisseau[1], lisse comme un miroir. La noble demoiselle avait fait ouvrir une fenêtre en haut, sur la droite du jardin, une fenêtre très étroite où elle pouvait seule s'asseoir pour avoir la vue audehors. Souvent la toute jeune fille allait à la fenêtre pour son délassement et son plaisir ; de là elle entendait le bruit de la mer et découvrait toute la plaine. L'endroit était agréable et salubre.

Écoutez maintenant ce que fit Robert. Il alla

1. Ce ruisseau est peut-être un souvenir de celui qui traverse la chambre d'Iseut.

tout droit à la source qui traversait le jardin, il étancha sa soif avec volupté et quand il en eut son soûl, il retourna se coucher sous la voûte et dormit auprès des chiens sur la paille jusqu'au matin, au chant de la caille. Au point du jour, quand parut l'aube, le bon empereur se leva pour entendre la messe comme à son habitude ; le noble seigneur écouta les matines dans sa chapelle, puis, dans le calme et le silence, la messe solennelle. Robert l'entendit lui aussi avec plaisir sur sa couche sous l'escalier, un gîte qui lui plaisait beaucoup. En son for intérieur il pleura ses péchés, en pensée il adora Jésus-Christ pour obtenir son rachat, implora de tout son être l'amour et la miséricorde de Dieu ; il y mit toute son âme.

Après la messe il pleura encore ses péchés, longtemps et d'un cœur contrit. Après ses larmes, ses prières et ses dévotions à Dieu, il courut à travers les principales rues de Rome à la manière d'un fou. Tantôt il courait, tantôt il sautait, hennissait, braillait, hurlait et bêlait, afin de se faire remarquer. Garçons, jeunes gens, enfants s'acharnaient à ses trousses, sans ménagements ils le rossaient et le rouaient de coups, plus d'une fois ils le renversèrent et le plaquèrent au sol. Et lorsqu'ils l'eurent maltraité, tourmenté, harcelé au point qu'il ne put en endurer davantage, il s'enfuit et, courant à perdre haleine, regagna son abri sous l'escalier où il n'avait rien à craindre. Là il attendit en paix et en toute tranquillité le moment où l'empereur devait manger. Lorsqu'il vit que le moment approchait et supposa qu'on en était à peu près au premier service, il alla s'asseoir là où était le chien ; les huissiers lui permirent d'aller où bon lui semblait et il trouva le bon endroit. Il n'eut pas besoin de serviette! L'empereur lui fit porter à manger par un serviteur attaché au seul service de Robert; il s'en acquitta bien, donna au chien sa pâture et Robert la prit de force à l'animal, puis mangea de bon appétit. L'empereur en rit franchement, ainsi que son entourage, amusé par ce spectacle.

A raconter les folies que Robert fit en série, on aurait fort à faire; il serait fastidieux d'en débiter un long récit et ce serait sans importance pour l'histoire; il vaut mieux s'arrêter là. Ce que je puis dire en revanche avec certitude, c'est qu'il soutint cette lutte pendant dix ans, près de l'empereur. Chaque jour, non sans angoisse, il allait à Rome pour accomplir sa dure pénitence et quand il avait assumé sa honte, sous la protection de la voûte il allait se coucher aux côtés du chien qui le connaissait si bien qu'il ne se séparait jamais de lui : il suivait Robert pas à pas et quand on lui présentait, le premier, les morceaux, il allait trouver Robert et, en bête bien soumise, les tenait devant lui, jusqu'à ce que Robert les eût pris sans tarder en laissant sa part au chien. Chaque jour, il observait scrupuleusement sa pénitence, si discrètement qu'on ne savait absolument rien de sa vraie vie; il ne s'en ouvrait à personne et durant dix ans entiers, en toute occasion, ne sortit de sa bouche une seule parole, bonne ou mauvaise, sage ou folle.

Tout le monde était persuadé qu'il était muet de naissance, on ignorait son nom et son pays d'origine, on le croyait simple d'esprit. Si ceux qui l'avaient élevé l'avaient vu en cet état, ils ne l'auraient pas reconnu. Robert, au prix de tant de souffrances, accomplit ponctuellement sa pénitence au cours de ces dix ans, sans l'enfreindre en rien. L'empereur eut grand soin de lui ; il prenait plaisir à sa folle humeur, à ses actes, à ses idées fantasques qui le faisaient rire et le divertissaient. Il lui offrait chaque jour une bonne cotte à capuchon qui descendait plus bas qu'un éperon. Tous les Romains le connaissaient, femmes, clercs, laïcs, dames et demoiselles, les servantes habitant leur chambre et la fille de l'empereur. Pour les petits et les grands, Robert était le faiseur de bons tours ; il les faisait souvent rire et ceux-ci s'amusaient de lui, invités eux-mêmes à faire les fous aux humeurs fantasques.

Il faut que je vous dise encore quelle vie mena le pénitent méritant qu'était Robert. Il ne se passa pas un jour, pendant ces dix ans de mortification, sans qu'il allât au jardin, à la petite source, sous la chambre de la jeune fille qui chaque jour aussi le voyait venir boire, puis se retirer. Telle était l'existence qui était la sienne à Rome.

A l'époque dont je vous parle, le sénéchal qui régissait la terre fut saisi d'un tel orgueil qu'il humilia l'empereur, son légitime seigneur, en lui faisant la guerre. Rome connut la panique au point que l'empereur aurait volontiers acheté la paix à prix d'argent, si son ennemi l'avait accepté. Mais le sénéchal jura sur Dieu, sur la croix et le sépulcre où fut déposé le vrai Sauveur que l'empereur n'aurait pas la paix, s'il ne lui accordait sa fille et ne lui cédait sa couronne. De son côté l'empereur au cœur magnanime affirma hautement que jamais le sénéchal n'aurait sa fille, la belle, la svelte, la sage, la noble jeune fille, mais qu'il se pendrait plutôt à une branche d'arbre, qu'il se noierait ou se laisserait tuer ou décapiter d'un coup d'épée.

Le sort en était jeté, la guerre se déchaîna, le sénéchal entra en action, tout à son amour pour la belle princesse. Les Romains, je vous le jure, furent impuissants à se défendre ; ils subirent la guerre, assurèrent seulement la défense et la surveillance des remparts qu'ils firent rehausser et réparer. Les nouvelles se répandirent au loin, partout dans le monde on ne parla que de cette guerre : Rome, disait-on, n'est pas à la fête, elle est si abattue, vaincue, dominée que les Romains sont prisonniers ; il n'est pas de salut pour la ville, ils n'ont plus que deux ans à vivre.

Les Turcs d'Asie Mineure ne tardèrent pas à l'apprendre. Les princes et les rois du Korasan et du pays des Alains[1] se rassemblèrent en conseil ; ils murmurèrent que le moment était venu de marcher sur Rome dont les habitants étaient en fâcheuse posture : il leur fallait reconquérir les territoires dont ils avaient été dépouillés, lacer les oriflammes à leurs lances et se pourvoir d'armes neuves. Ils tinrent si bien secret leur projet de campagne que les Romains n'en surent mot avant de les voir apparaître.

Les Turcs hâtèrent leurs préparatifs, équipèrent leurs navires, chargèrent les vaisseaux. Une fois prêts, ils ne s'attardèrent pas dans les ports, prirent la mer par un bon vent, fermement décidés à s'emparer de Rome et à la ravager. Ah ! si seulement ils avaient pu faire naufrage avant de faire du mal à Rome et d'en expulser l'empereur ! Les Turcs naviguèrent à pleines voiles, les vergues dressées sur les mâts chargés de mate-

1. Le Korasan, Coroscane dans le texte, est une province de Perse. Le pays des Alains se situe près de la mer Caspienne.

lots. Après un long voyage en mer, ils abordèrent au port de Rome, débarquèrent, les maudits, et mirent le pied sur le rivage. Ils dressèrent leurs tentes et leurs pavillons[1] : un immense camp s'étendait sur deux lieues et davantage. On pouvait voir briller boucliers, heaumes, bannières et gonfanons de toutes sortes. Désireux de détruire Rome, ils se répandirent à travers tout le pays, infligeant aux Romains une dure guerre.

Les Turcs occupèrent la plaine, firent du butin, brûlèrent les villes, abattirent les églises, rasèrent et dévastèrent les jardins : Rome eut de quoi se plaindre! Les cris de guerre s'élevaient; appels, tumulte et vacarme croissaient si bien que sur les remparts les Romains éprouvaient crainte et frayeur, ne sachant ce qui arrivait. A droite, à gauche, chacun montait sur les murs pour dominer la plaine, ils grimpaient au sommet des tours. Ils virent en flammes le pays peu habitué à des incendies de guerre et découvrirent la région couverte de heaumes solides, de grandes bannières, spectacle insolite; ils distinguèrent sur la mer l'armée qui en un rien de temps avait occupé tout le rivage. Ils savaient bien que ce n'était pas le sénéchal qui les attaquait pour avoir celle qu'il aimait et la peur gagna les plus sages.

Voici qu'un messager accourt par les rues qui fourmillaient de gens éperdus à travers la ville, tremblant de peur et en larmes.

— Hé, dit-il, grosses bêtes, vous ne savez pas où vous en êtes! Ce sont les Turcs d'Asie Mineure, du Korasan et du pays des Alains qui

1. Le terme ne semble pas, d'après d'autres textes, être synonyme de tente; c'est une tente de plus vastes dimensions, demandant toute une installation.

ont abordé au port. Équipez-vous, vous êtes tous morts, si vous ne vous défendez pas et ne leur livrez bataille, car s'ils arrivent à mettre le siège, vous serez tous pris au piège.

Quand les Romains entendirent les paroles du messager qu'ils avaient vu venir, leur épouvante les incita à prendre la fuite à la faveur des ténèbres de la nuit. Ah, Dieu, quelle dure épreuve attendait l'empereur ! Il aurait voulu ne plus vivre, quand il apprit la nouvelle que les Turcs viendraient donner l'assaut aux remparts : il en fut accablé, soucieux et morne. Il manda les sénateurs, les légistes et les barons de Rome et sollicita leur conseil. Les uns l'engagèrent à faire une sortie pour se battre au corps à corps avec les Turcs : Dieu qui avait fait tant de miracles pour son peuple qu'il réconfortait serait avec eux dans la mêlée et leur assurerait la victoire. Les autres, contre cet avis, s'opposèrent à une bataille : pour affronter les Turcs, on ne disposait pas d'un assez grand nombre de gens capables de se défendre, vigoureux et hardis, « mais si l'on pouvait attirer les chevaliers de Lombardie à Rome et conclure la paix avec le sénéchal qui les amènerait avec lui, et vous aiderait de tous ses efforts contre les Turcs, nous supporterions le combat ».

A cette décision se rangèrent jeunes et vieux, petits et grands. Ils envoyèrent auprès du sénéchal deux barons qu'ils considéraient comme ses amis. L'empereur les y envoya et ils gagnèrent tout droit le lieu où ils savaient qu'était le sénéchal. Ils se dépêchèrent de le joindre chez lui et lui exposèrent l'affaire, sans oublier un seul point du message : « l'empereur faisait appel à lui ; la peur est grande à Rome pour les Turcs qui cernent la ville ; les Romains n'osent pas risquer un combat corps à corps, ils manquent d'audace, s'ils n'ont pas votre aide et votre renfort ».

Le sénéchal ne se perdit pas en longs discours ; il fit apporter les reliques pour ébranler les Romains, susciter la peur chez l'empereur, afin qu'il lui accordât sa fille avant de participer à la bataille. Devant les deux barons il jura dans un engagement solennel qu'il nuirait à l'empereur et dévasterait sa terre, loin de lui apporter son aide, s'il n'avait d'abord épousé sa fille et couché avec elle, faisant d'elle son amante. Telle fut la réponse brutale et insolente qu'il fit à son seigneur ; celui-ci n'eut jamais de si grande peine, tant il était bouleversé et affligé. Triste et anxieux, il convoqua de partout ses hommes, ceux du moins sur lesquels il avait autorité, mais bien peu se rallièrent à lui. Le pape lui donna la main ; on convoqua les plus nobles seigneurs, ceux de plus haut rang, les barons et les sénateurs. Ils tinrent conseil sur cette affaire ; les plus sages proposèrent de livrer bataille aux Turcs, s'ils venaient donner l'assaut aux remparts. Aussi longtemps qu'ils pourraient se défendre et résister en rase campagne, ils ne se laisseraient pas enfermer et ne bloqueraient pas les portes.

L'empereur approuva cette décision et le pape, en les exhortant à passer la nuit en veille, à se confesser et à s'apprêter à combattre avec ardeur, leur insuffla force et audace par les sermons et les bonnes paroles qu'il leur adressa. Il ordonna au peuple de jeûner, de ne goûter à la nourriture qu'une fois par jour, afin que Dieu les protégeât contre l'engeance des Turcs logés sur le rivage. Les nouvelles circulèrent à Rome. Dames et demoiselles pleuraient, criaient et se désolaient, craignant pour leurs amis, leurs frères, leurs parents, leurs pères qui se préparaient fermement à aller combattre les Turcs.

Dans la salle de l'empereur, les jeux et les chants avaient fait place au découragement et à la peur. Sous son escalier Robert se morfondait plus que je ne puis le dire de voir le noble empereur si abattu au milieu de ses proches.

L'armée des Turcs était tout près de Rome, sur la mer. Tous ces mécréants étaient loin d'aimer Dieu. Écoutez maintenant l'histoire du bon pénitent qui, cet été-là, était depuis sept ans à Rome; je vous dirai ce qu'il fit, quand le moment sera venu de vous le raconter. Un mardi, au point du jour, les Turcs avaient mis sur pied leur armée pour aller mettre le siège sous les remparts, et ce ne devait pas être chose facile. Ils avaient disposé leurs troupes : à l'avant chevauchaient les gros bataillons, ceux des plus vaillants, les plus luxueusement équipés; en faisant le compte, on les estimait à cent mille. Les Romains les virent s'avancer, la peur au ventre. Sur l'ordre de l'empereur ils se hâtèrent de s'armer dans toute la ville, mais ils étaient à peine vingt mille capables de combattre en armes. Ah, Dieu, s'ils avaient connu Robert, comme ils lui auraient donné de bonnes armures à cotte de mailles en fer et l'auraient mené contre l'armée menaçante des Sarrasins! La chose pour cette fois n'était pas possible. L'empereur s'arma dans son magnifique palais; il rassembla tous ses hommes pour organiser ses corps de troupe, soucieux de les lancer avec habileté contre les Turcs qui marchaient à leur rencontre au pied des remparts.

Quand ils furent tous venus devant lui, puissants ou modestes, prêts à combattre pour abattre l'orgueil des Turcs, il répartit les compagnies de chevaliers et forma dix bataillons de deux mille hommes chacun. Il en confia un au pape, connu pour sa loyauté, afin qu'il soit le gardien de la bannière royale au dragon, et que l'engeance maudite n'y portât pas la main. Devant la salle il ordonna aux Romains en larmes de ne pas attendre plus longtemps pour faire une sortie contre les Turcs qui maintenant s'approchaient des remparts. On lui obéit sur-le-champ. Bien peu rassurés, ils sortirent sur le terrain, entourés de leurs bataillons. Les larmes aux yeux, l'empereur se sépara de sa fille, la belle et radieuse demoiselle, plus vermeille qu'une rose, et qu'il aimait par-dessus tout. Il recommanda à Dieu les dames et les jeunes filles qui, éplorées dans leur affection pour lui, suppliaient Dieu de le maintenir en sa force et de le préserver de tout danger.

Lorsque Robert les vit partir, les larmes lui coulèrent tout le long du visage. Ah, Seigneur Dieu, comme il aurait aimé accompagner l'empereur, s'il n'avait craint de perdre Celui pour qui il faisait pénitence ! Il ne redoutait rien d'autre et se retira en pleurant sous l'escalier, gardant secret son chagrin en son cœur, sans dire un mot. La tête tournée vers le ciel, il s'adressa à Notre-Seigneur en ces termes :

— Dieu, dit-il en lui-même, vous qui avez sauvé tant d'âmes contre les suppôts du diable par la force de votre esprit, combien j'aurais aimé aider l'empereur et attaquer les Turcs bouffis d'orgueil ! Je les aurais si bien reçus que je les aurais tous tués, je crois, en leur faisant vider les lieux ; mais Dieu ne veut pas que je sois aux côtés de l'empereur à la bataille. Si telle avait été sa volonté, les Sarrasins auraient eu aujourd'hui à se plaindre de ma présence, si j'avais tenu une épée dégainée et une bonne et solide lance. Pour tout l'or d'Ardure[1], y en eût-il mille milliers, je n'aurais pas manqué de leur trancher les flancs.

Il se dressa alors en poussant des soupirs, se dirigea en pleurs vers le jardin et alla s'asseoir au bord du ruisseau de la source claire et salubre, hors du chemin, car il ne souhaitait pas qu'on le vît se plaindre, pleurer et se désoler. Toutes ses pensées allèrent à Dieu; il l'invoqua et le pria d'aider l'empereur dans la bataille à laquelle il voudrait bien participer, si telle était la volonté de Notre-Seigneur : que par pitié il accordât à l'empereur sa grâce.

La belle jeune fille dont je vous ai parlé se trouvait à la source, à l'ombre, loin des importuns. Elle était assise toute seule et laissait traîner ses regards. Elle remarqua Robert qu'elle voyait prier, tendre ses mains et rendre grâce à Dieu. Très étonnée, elle se dit au fond d'elle-même que malgré sa folie son acte n'était pas celui d'un fou et ne put s'empêcher de regarder Robert qui lui sembla digne d'être aimé; puis elle tourna les yeux du côté de la mer et aperçut les Turcs qui s'avançaient au combat pour abaisser l'orgueil de Rome. Les Romains qui allaient à leur rencontre étaient maintenant si proches d'eux que les archers en tête de ligne faisaient des ravages sur les deux fronts; ils renversaient et massacraient un grand nombre d'ennemis.

Tandis que la jeune fille assistait au choc des avant-gardes, voici que soudain, à la source où Robert se lamentait, apparut un bel et noble che-

1. Ardore, ville de l'Italie méridionale (?).

valier, armé d'un haubert plus blanc que l'argent; son bouclier et les courroies, tout son équipement étaient plus blancs que la fleur de lys. On avait plaisir à le voir : il tenait sur sa hanche une grande lance dont la lame était aussi blanche qu'une neige tombée des nuages, et le cheval qu'il montait était plus blanc qu'une fleur épanouie. Il portait, pour ajouter à sa beauté, une blanche souquenille. Il mit pied à terre devant Robert et lui livra le message de Jésus-Christ :

— Robert, mon ami, Dieu vous ordonne, et il vous le fait connaître par ma bouche, d'aller à la bataille. Ne prenez pas la chose à la légère et, croyez-moi, mes paroles ne souffrent pas de doute : je vous apporte comme preuve que vous êtes allé demander dans la forêt, du côté des montagnes, une pénitence à l'homme le plus saint de la terre, afin qu'il vous en impose une, et la plus légère était encore bien lourde.

En entendant ce message, Robert eut le cœur plein d'une joie débordante. Il s'étendit, en croix, dans la direction de l'Orient et rendit grâce au créateur. Il prit les armes et l'équipement et s'en revêtit, à la grande surprise de la jeune fille; d'émotion des larmes coulèrent de ses beaux yeux. Menace pour les païens, Robert s'appliqua à s'armer; il ceignit l'épée, laça le heaume, expert qu'il était à ce métier; il saisit le bouclier par les courroies, la grosse et solide lance avec laquelle il refroidirait la chair de nombreux Sarrasins avant la fin de l'après-midi, puis, satisfait, il quitta le messager en le priant de le bénir. Je ne crois pas qu'on ait jamais vu un homme si richement armé et de plus belle allure, tant il portait bien le bouclier à son cou pour se protéger; on eût dit qu'il était collé à son flanc. Il partit en mettant son cheval au galop. Jamais clerc ni laïc ne vit un chevalier aussi bien piquer des deux. Ah Dieu, s'il trouvait un adversaire à affronter, quel dur assaut il mènerait ! L'empereur saurait bientôt qui il avait nourri et gardé chez lui. La jeune fille le contempla et avoua qu'en sa vie elle n'avait jamais vu un homme d'aucun lignage si bien porter les armes ; elle aurait été pleinement rassurée, si elle avait su combien il était vaillant.

Robert s'en alla sans plus attendre, laissant librement bondir son cheval ; il sortit du jardin par la brèche que les gens avaient faite pour déboucher en pleins champs. En silence, il franchit la brèche et sortit dans la campagne. Il se dirigea du côté où il entendait les cris, le bruit et le tumulte que faisaient les Sarrasins avec leurs cors, leurs trompettes, leurs tambours qu'ils faisaient résonner en étourdissant leurs montures ; c'était un fracas de tempête. Sans s'arrêter Robert rejoignit les Romains ; il ne fit pas halte aux premiers qu'il rencontra, mais passa devant tous les bataillons, les premiers comme les derniers. Tout le monde le regarda et convint que jamais chevalier n'était arrivé avec autant de fougue ; en le voyant surgir hors de toute formation régulière, ils furent stupéfaits. L'empereur ne le perdit pas des yeux ; il était à l'avant-garde pour assister au choc des armées, maintenant si proches les unes des autres que les cœurs des couards tremblaient.

Robert passa près de l'empereur, là où il voyait le gros de la masse des Turcs et le centre de la bataille. Un épervier qui attaque une caille ne fonce pas avec plus d'impétuosité que Robert s'élançant sur les Sarrasins. Il alla porter ses coups là où ils étaient entassés les uns sur les autres et ne les ménagea pas. Il porta à terre le premier qu'il rencontra et d'un seul heurt en renversa deux sur le dos, puis, chanceux, en abattit trois. Dès sa première charge il se mesura farouchement avec eux ; il se faufilait entre les Turcs, ne rencontrait personne, jeune ou vieux, qu'il ne fît tomber à terre ; il en tua trente en peu de temps qui jamais plus ne pourraient se relever et faire du mal aux Romains.

Robert ne cessa de donner des coups ; au plus épais de la presse il frappa, les dispersa ; les Turcs en étaient si surpris qu'ils n'osaient pas l'attendre ; les plus hardis lui laissèrent le champ libre, quand il voulut revenir sur ses pas. En un rien de temps il sema une telle panique qu'il fit le vide à ses côtés, mais ils ne purent lui échapper et il n'eut pas de peine à les rattraper, car son cheval était le plus agile et le plus fougueux de l'armée. Plus d'une fois il les contourna, en laissa plusieurs ensanglantés et épuisés. Mais les Turcs l'assaillirent à coups de massues ; on avait peine à croire qu'il ne mourût pas sous les coups qu'ils lui assenaient, mais ils n'arrivaient pas à l'abattre ni à l'étourdir, car il était plus résistant que de l'airain forgé. Bien vite il eut si bien accablé les premiers qu'il les délogea du terrain et les chassa vers un autre corps de bataille.

A la tête de l'armée, l'empereur fut témoin des beaux exploits accomplis par Robert sous ses yeux. Il en fut heureux et réconforté.

— Piquez des deux ! Piquez des deux ! criait-il aux siens. Attention ! Que personne n'ait peur ! Tous les Turcs sont condamnés à mourir, puisque les plus forts d'entre eux sont vaincus. C'est celui qui est là-devant qui les a tués. Voyez comme il les serre de près et les abat sur le carreau. Mon Dieu, qui est-il donc, celui qui donne de telles preuves de courage? Jamais je n'ai vu, même dans mes souhaits, un homme apporter son aide ni se comporter aussi bien que lui. Allons! Que chacun le seconde dans cette besogne.

Tous alors piquèrent des deux, abaissèrent hardiment leurs lances, tandis que les Turcs se précipitaient sur Robert à l'endroit où il faisait montre de bravoure. Il avait déjà brisé sa lance dans le corps d'un roi du Korasan. Ni Apolin, ni Diane, ni Mahomet, ni leurs dieux les plus puissants ne garantissaient les Turcs de la mort. En plein carnage Robert dégaina son épée avec fureur, se mêla à la foule des Turcs et fit voler la tête à plus d'un. Ils l'évitèrent et s'enfuirent et les Romains qui suivaient Robert passèrent à l'attaque avec impétuosité, mais ils n'auraient rien pu faire si les Turcs n'avaient pas redouté Robert qui les mettait en déroute. Il tuait, abattait, frappait, mettait à mort tout ce qu'il atteignait de son épée tranchante et claire.

— Romains, fit l'empereur, suivez-le! Il les tuera tous, tant il est hardi et brave!

Alors s'éleva et s'accrut le cri de guerre et Robert mit en fuite et mutila tous ceux qui lui tombèrent sous la main, leur fit une si cruelle escorte que personne, homme ou femme, n'osait en soutenir la vue, jusqu'à l'arrière-garde où stationnaient les plus importants bataillons. Les fuyards s'abattirent sur eux, provoquèrent un sauve-qui-peut si pitoyable qu'ils n'eurent pas le temps de regarder derrière eux : Robert en effet, acharné à les massacrer, les pressa de si près qu'il n'en laissa pas un seul demeurer sur place. Les plus audacieux n'eurent pas le courage de se retourner contre lui, je puis vous l'affirmer, car tous redoutaient le carnage. La débandade fut immédiate, chacun jeta à terre sa lance; ni les Turcomans du pays des Alains, ni les Turcs d'Asie Mineure n'osèrent rester sur place, car Robert allait leur tenir tête là où ils essayaient encore de résister. Ils n'eurent plus la force de faire face, tant ils avaient reçu de coups à la tête, des coups mortels, et tant de blessures d'où jaillit le sang vermeil.

Ils fuirent sans plus attendre; les Romains ne parvinrent pas à en prendre un seul dont ils pussent tirer rançon. A la suite de Robert ils pourchassèrent et mirent à mort les Turcs qui criaient et hurlaient à travers la campagne. La féroce poursuite et la déconfiture durèrent jusqu'à ce qu'on atteignît la mer. Les Turcs n'eurent pas un regard pour leurs tentes, car ils avaient d'autres soucis en tête; ils n'eurent pas soin de les charger, de sauver leurs biens, de plier leurs voiles, d'emporter du butin. Démoralisés, sans couleurs, blêmes, ils se jetèrent dans la mer. Ah, Dieu, qu'ils aimeraient avoir leurs chevaux pour les porter jusqu'aux navires! Ils étaient désespérés de ne pas savoir nager, car les Romains leur brisaient membres et cervelles; ils laissèrent sur le sable vingt mille cadavres, sans compter ceux qui n'arrivèrent pas à nager jusqu'aux navires et qui périrent en mer, plus de dix mille qui jamais, en bourg ou en ville, ne seraient plus dans la cohue humaine.

Lorsque Robert vit que la poursuite prenait fin, qu'on se jetait sur le butin, il dédaigna de les accompagner et se déroba si discrètement que personne ne sut ce qu'il était devenu. Il rejoignit le messager de Dieu qui l'attendait près de la source. Si son bouclier avait été exposé, percé de clous, à la quintaine[1], il n'aurait pas eu autant de trous; et son heaume n'aurait pas été mieux mis en pièces, si on l'avait dressé sur des pieux aigus ou sur un poteau pour être attaqué à la hache. Des coups qu'il avait reçus sur le nasal[2] il avait la tête tout en sang; les mailles du haubert lui étaient entrées dans le visage qui en portait les marques. Je ne sais dire le nombre de coups qu'il prit.

Il descendit de cheval au bord du ruisseau, à l'ombre, puis quitta ses armes et reprit ses vêtements. Sans faire plus long séjour, le messager s'en retourna avec les armes qu'il avait apportées et qui avaient donné courage à Robert; il partit tout à coup, comme il était venu. La tête en sang, Robert alla tout de suite à l'eau, lava le sang autour de ses blessures, mais les écorchures qui parsemaient son visage n'en ressortirent que mieux. Après s'être lavé au ruisseau, il alla se reposer sur sa litière, sous l'escalier de la chapelle. Il ramassa la paille pour se coucher, baissa la tête, s'endormit et goûta le repos.

La jeune fille assise à sa fenêtre avait vu tout ce qu'avait fait Robert, comment il avait tenu tête aux Turcs et les avaient mis en échec, comment il était revenu sous l'arbre, à la source plus froide que le marbre, comment il avait rendu ses armes, comment il avait lavé sa tête ensanglantée dans l'eau du ruisseau. Elle n'était pas sotte et pensa

1. Mannequin qui pivote sur lui-même et sert à l'entraînement sportif des chevaliers qui l'attaquent à la lance.

2. Le nasal est la partie du heaume qui protège le nez, comme on le voit dans l'armement des chevaliers qui figurent sur la Tapisserie de Bayeux.

que c'était une affaire importante, puisqu'il se cachait de la sorte.

Je veux faire un retour en arrière pour rester dans mon sujet. Sur le rivage les Romains infligèrent de si lourdes pertes aux Turcs qu'ils en tuèrent le tiers, sans compter les amiraux qu'ils firent prisonniers, possesseurs d'immenses richesses en rentes, en or et argent, en tentes, chevaux, mulets et vases artistement travaillés, dont s'emparèrent les Romains. Ils donnèrent tout à l'empereur en le priant d'en user à son gré et d'en combler le chevalier aux armes blanches qui de son épée d'acier leur avait frayé un chemin, des passages et d'autres accès ; lui seul leur avait permis de pourchasser les Turcs.

— Il aura tout, dit l'empereur ; il n'aura qu'à demander et je lui accorderai toutes sortes de richesses, car il a facilité notre besogne grâce à son courage. Nous n'avons rien à lui refuser, nous sommes tous à ses ordres. Faites-le-moi venir tout de suite.

On manda le chevalier, on le chercha partout, mais on ne parvint pas à avoir des nouvelles qui pussent réjouir. On alla le dire à l'empereur, fort mécontent de n'avoir ni vu, ni connu, ni abordé le chevalier. Incapable de retrouver sa trace, tout le monde, proches et autres, pensa que c'était quelque ami de Dieu que le Seigneur avait envoyé dans leur camp pour défendre l'honneur de Rome, car un mortel ne se fût pas battu comme lui. « C'est un chevalier de Jésus-Christ, il est retourné d'où il est venu. Vit-on jamais si beau miracle à Rome ? »

Tous s'en félicitèrent, l'empereur en pleura de joie, jamais il ne fut plus radieux. Il monta sur un destrier à la robe bigarrée, sa noblesse et sa beauté l'invitèrent à se montrer généreux : il alla trouver les barons du plus haut rang et les invita, pour l'amour de Dieu, à partager aujourd'hui avec lui son repas. Ils acceptèrent de bon cœur l'invitation. Il pria même le pape de manger avec lui pour l'amour du ciel, ce qui ne fut pas refusé. Les gouverneurs assurèrent le service à la cour et les officiers desservirent. On se hâta de préparer la nourriture selon les ordres de l'empereur qui se rendit aussitôt à table, mais commanda d'abord de charger le butin qu'il distribua à ses hommes, n'en gardant pour lui qu'une minime partie.

Les nouvelles parvinrent à Rome chez les dames, les demoiselles et les jeunes filles qui se trouvaient dans la salle, très démoralisées : les Turcs, leur dit-on, étaient en déroute, chassés du champ de bataille par un seul chevalier richement équipé d'armes plus blanches que la neige sur les branches. On reconnut unanimement que l'auteur de tant de prouesses était un envoyé de la gloire céleste. Rome s'abandonna alors à la liesse, au plaisir, à la joie et à la fête, mais l'emportait la tempête des cloches qui sonnaient à toute volée en résonnant sous les voûtes.

Les Romains rentrèrent à Rome avec l'empereur et ses barons dans un déferlement d'enthousiasme. Le palais était plein de musique. Ils mirent pied à terre, dit la chronique[1], dans la fête générale, et le pape les accompagnait. Quand après leurs durs efforts ils eurent retiré leurs heaumes, ils se vêtirent de riches étoffes, de belles robes. On annonça alors que le repas était prêt. L'empereur demanda l'eau pour se laver les

1. On relève des références à une *geste*, une *histoire*, un *livre*, un *écrit*, sources très probablement fictives.

mains[1] — il connaissait les usages —, mais invita d'abord le pape à se les laver et le fit asseoir avant lui à table. Puis il manda sa fille, la belle, qui lui apporta une joie nouvelle, la fit asseoir à ses côtés, à la place la plus agréable ; les barons s'assirent ensuite : il n'y avait là ni brigands ni voleurs, rien que des comtes. La fleur de la chevalerie et les jeunes gens étaient assis à même le sol. Tout le monde fut fastueusement servi et à souhait ; on eut à satiété bons vins savoureux, excellents hydromels et vins épicés.

Lorsque Robert se réveilla, il était perclus de douleurs ; il dressa la tête, meurtrie de partout, puis se leva et se dirigea vers la table, mais ce n'était pas pour danser ou faire la farandole, tant il était las. Il s'avança devant l'empereur. Dès que la princesse l'aperçut, elle se leva, face à lui, et s'inclina profondément en présence de tous ceux qui étaient là. Après ce geste elle reprit avec grâce sa place à table près de son père. L'empereur en fut fort gêné, ne sachant les raisons de son geste, mais ne voulut pas l'interroger. On s'en étonna dans la salle ; les fourbes et les mauvaises langues ne se privèrent pas de commentaires ; ils tenaient la jeune fille pour folle d'avoir honoré cet imbécile.

Robert s'assit aussitôt sans hésitation et l'empereur qui le regardait vit les marques que son haubert lui avait laissées sur le visage, ses sourcils gros et enflés jusqu'à l'os, son nez cassé et écorché. Il céda à la colère.

— Il n'y a en cette ville, dit-il avec emportement, que traîtrise et injustice ! Les sales vauriens

1. C'est l'usage au Moyen Age de se laver les mains dans des bassins apportés par les domestiques avant les repas.

— que Dieu les confonde ! — qui pullulent par le monde ont aujourd'hui grand tort d'avoir mortellement blessé mon fou. Tandis que nous étions à la bataille, ils l'ont attiré dans quelque lieu détourné ; ils lui ont passé un haubert dont les traces et les marques apparaissent sur sa chair.

— Seigneur, dirent ceux qui étaient présents, n'en parlez plus, peu vous importe ! Il a été à sa bataille, comme nous à la nôtre, et comme nous il a eu chaud.

— Je ne supporte pas, dit l'empereur, qu'on le frappe et qu'on porte la main sur lui. Si vous voyiez ses extravagances et ses bizarreries, vous ne pourriez vous retenir de rire.

— Cher seigneur, dit le pape, faites-lui-en faire une.

L'empereur chuchota à l'oreille du sénéchal assis au premier rang qu'on donnât de la nourriture au chien en présence du fou. Il fut obéi. On jeta au chien de tout petits morceaux à foison, Robert s'approcha de lui, les lui arracha des dents, puis les mangea posément, sans ostentation et sans faire le dédaigneux. Tous se mirent à rire, grands et petits ; les vieux, les anciens même, y prirent plaisir et rirent de bon cœur. Et de dire à travers le palais qu'on n'avait jamais vu un fou aussi parfait. Triste et peinée, la jeune fille s'irrita de ces propos, mais ne sut que faire.

Quand les nappes furent enlevées et les tables mises de côté[1], elle fut malheureuse, parce qu'il ne l'avait pas abordée. Dieu ! Comme elle s'était préparée à faire preuve d'assurance et d'audace !

1. On dresse les tables, dans la salle, larges planches posées sur des tréteaux, qu'on enlève, le repas terminé, pour faire place aux jeux et aux concerts d'instruments.

Avec beaucoup de dignité, en homme de noble caractère, l'empereur parla du blanc chevalier qui avait fait tant de merveilles. S'il avait été loup et les Turcs brebis, ils ne l'auraient pas autant redouté : pas de troupe si belliqueuse qu'il ne disloquât en un clin d'œil.

— Que Dieu ne secoure jamais mon âme, dit l'empereur, s'il consentait à être de mon entourage, je le ferais duc ou comte, car il m'a épargné la honte, des ennuis et des pertes ; je le récompenserais, s'il daignait venir à ma cour.

La jeune fille ne put alors se retenir de faire un signe pour lui faire comprendre que le blanc chevalier dont il parlait et qui s'était si bien conduit à la bataille était là devant lui. En bégayant comme une muette, elle jargonna à son père qui ne comprit rien à ce qu'elle voulait dire. Elle en fut exaspérée et montra le fou du doigt, ce qui mécontenta et contraria l'empereur qui ne l'avait jamais vue faire un tel accueil à un homme. Il appela par son nom un de ses domestiques, afin qu'il fît venir les gouvernantes. Elles arrivèrent aussitôt et il les interrogea sur les signes que faisait sa fille, il voulut savoir ce qu'ils voulaient dire.

— Bien volontiers, seigneur, firent-elles.

Elles la questionnèrent sur le langage des signes, en la priant de répéter ceux qu'elle avait faits. La bonne jeune fille leur découvrit ainsi toute sa pensée en les reproduisant.

— Seigneur, dit une des gouvernantes, elle en dit bien davantage ! Quand vous êtes passé ce matin par le bois et la campagne et que vous avez planté votre bannière, votre fille est allée s'asseoir au bord de sa fenêtre, au-dessus de la source. A cet endroit, sous le pin, elle a vu le fou tendre ses mains vers Dieu, puis arriver tout à coup un homme en armes qui est descendu de cheval ; elle a parfaitement entendu ses paroles : il a ordonné au fou de s'armer, et quand celui-ci a eu le bouclier au cou[1], elle l'a vu partir pour la bataille. C'est lui qui y a participé et qui a vaincu les Turcs ; ce fou est le preux chevalier. Voilà ce que veut dire votre fille et elle vous annonce une autre nouvelle : après la fin du combat, il est revenu par la brèche, en armes sur le cheval blanc, jusqu'à la source, là en bas ; il a rendu les armes à l'inconnu qui les a laissées là en emportant la blanche armure ; puis il est allé laver le sang qui couvrait son visage. Voilà ce qu'a vu la belle princesse de ses yeux grands ouverts ; par ces signes elle vous indique et vous révèle ce qui est arrivé.

— Inouï ! Je n'ai jamais entendu rien de pareil ! Je croyais que ma fille était, de toutes les familles, la plus courtoise demoiselle, la plus honnête, la plus sage du monde, et elle est folle de naissance, la pauvre balourde, et j'aimerais autant la savoir morte ! Savez-vous pourquoi elle a faiblesse de cœur pour le fou ? Parce qu'il ne parle pas, ma sotte de fille s'est amourachée de lui, parce qu'elle aussi est muette. Le vilain dit dans ses proverbes : qui se ressemble s'assemble. Enlevez-moi ma fille d'ici, elle est ivre, et menez-la immédiatement dans sa chambre en ayant l'œil sur elle. Dites-lui de garder le silence sur cette affaire et d'oublier le fou, car j'ai mal supporté tout à

1. En cours de marche ou de chevauchée on suspend le bouclier au cou au moyen d'une courroie, la *guige* ; au combat on le maintient devant soi par deux courroies intérieures.

l'heure qu'elle se soit levée en sa présence. Son geste insensé ne m'a pas échappé : elle n'a d'yeux et d'intérêt que pour ce fou.

Les gouvernantes emmenèrent la jeune fille et se mirent en peine de lui faire la leçon. De son côté le pape s'en alla, car la cour se séparait. Quant à Robert, il s'en alla coucher sur la paille avec les chiens.

Les Turcs se retirèrent, consternés, et regagnèrent la haute mer. Ils eurent bon vent, la traversée fut courte et chacun rentra dans son pays natal. Ils avaient à se plaindre des Romains qui leur avaient tué leurs parents et leur avaient fait verser tant de larmes. Des plaintes se répandirent à travers le pays des païens. Dès que leur parvinrent les récriminations à propos des dommages infligés à leur lignage par les Romains, les princes qui en étaient les seigneurs se promirent dans un engagement réciproque et jurèrent au nom de leur foi d'aller défier Rome et de venger la mort de leurs parents : à la faveur de la belle saison ils feraient payer cher leur ressentiment aux Romains qu'ils menaçaient dangereusement ; de tous les peuples c'était celui qu'ils exécraient le plus. Ils envoyèrent des messages à leurs parents et à leurs amis pour leur annoncer qu'ils avaient juré de faire la guerre, une guerre affreuse et pleine de périls, si l'on ne prenait pas de précautions. Ils réparèrent et construisirent leurs navires, fabriquèrent à grands frais vaisseaux, chaloupes, embarcations, larges bateaux à fond plat, galères.

Le beau temps revenu, ils réunirent deux fois plus de forces que la première fois. Par tous les moyens les Sarrasins prirent les armes, chargèrent les vaisseaux au plus vite sans ménager leur peine. Ils s'embarquèrent et gagnèrent le large. Ils naviguèrent tant à pleines voiles sous la clarté du ciel et des étoiles qu'ils abordèrent au port de Rome. Les Arabes, les Comains[1], les Turcs du Korasan[2], ceux de la région de Nirvane[3] établirent leur camp sur la plage.

Les nouvelles arrivèrent à Rome que les Turcs avaient débarqué, non secrètement, mais en étalant une immense armée qui avait accosté le rivage, menaçant les Romains qui ne leur faisaient pas peur; ils avaient l'intention de venger leurs parents, bouleversés de les avoir perdus. Rome fut prise d'épouvante. Sur l'ordre de l'empereur on demanda au sénéchal, en lui promettant une forte somme, d'apporter son aide contre les Turcs qui voulaient attaquer et détruire la cité de Rome. Il déclara qu'il était plutôt prêt à leur nuire, si on ne lui donnait pas la jeune fille qui lui avait mis l'étincelle et la flamme dans le cœur. C'était une faute grave à l'égard de son seigneur.

A leur retour, les chevaliers rapportèrent à leur maître la réponse du sénéchal qui demandait sa fille, la belle, en mariage. Mais l'empereur jura, par Dieu, que tant qu'il vivrait, il ne donnerait pas sa fille à cet homme; ce serait une déchéance pour Rome; jamais, s'il plaisait à Dieu, pareille chose n'arriverait, il n'en fallait plus parler. Ce refus devait lui coûter cher.

1. Les Comans ou Comains habitent un pays voisin de la mer Caspienne (Löseth); E. Faral dans son édition de la *Conquête de Constantinople* de Villehardouin les situe en Moldavie.
2. Le Korasan est une province de Perse.
3. Nirvane, nom d'un pays ou d'une ville des Sarrasins.

Il réunit alors un conseil dans son palais auquel assistèrent les grands seigneurs qui lui devaient hommage. Au terme des délibérations les barons furent unanimement d'accord : « Dieu, sur qui on peut compter, les soutiendra dans la bataille; Il ne fait pas défaut à ses fidèles; Il leur avait déjà envoyé un secours précieux : ils auraient tous été vaincus et tués, si Dieu ne leur avait pas dépêché celui qui était leur ami et qui par sa lance avait assuré la victoire. S'ils avaient sincère foi en Dieu, le Seigneur les aiderait à mettre en déroute les mécréants. »

La délibération prit fin; ils fixèrent la date du combat contre les Turcs qui les pressaient, dévastaient et ravageaient la contrée, infligeant de grosses pertes à Rome. Hommes et femmes, petits et grands jeûnèrent et adressèrent au ciel promesses et vœux. Au cours de leurs messes, avec de pures larmes les prêtres supplièrent Dieu de leur envoyer comme naguère le preux chevalier aux blanches armes, et leurs prières montèrent vers Jésus-Christ.

Un lundi, à la première clarté du jour, mécontents de n'avoir pas encore tiré vengeance, les Turcs marchèrent sur Rome en rangs serrés pour combattre en bon ordre. A l'avant allaient les plus alertes, les plus hardis, les plus efficaces, les plus enragés contre les Romains qu'ils trouveraient face à eux sur le terrain; ils ne rêvaient que de leur offrir un vrai régal. De Rome, les capitaines s'émurent à la vue des nuages de poussière; ils coururent aux armes à qui mieux mieux. L'empereur qui n'était pas rassuré s'arma tout le premier, la sueur lui filait à grosses gouttes tout le long du visage. A cheval, il laça son heaume, il rangea et disposa ses bataillons, plaça ses connétables à la tête des corps de troupe selon les règles pour ne pas être surpris par les Sarrasins. Une fois en bon ordre, ils sortirent en rase campagne sur leurs chevaux qui hennissaient haut et fort au son des longues trompettes. Les boucliers luisaient et étincelaient à la clarté du soleil et les bannières flottaient au vent. Jeunes filles, dames et demoiselles étaient en larmes pour leurs amants qui allaient affronter la mort et priaient Dieu, le roi du ciel, de leur envoyer ce jour même le chevalier aux blanches armes. Telle était la supplique des nobles dames. Sans plus attendre l'empereur alla dire adieu à sa fille et lui donna en pleurant un tendre baiser.

— Ma fille, fit-il, rassurez-vous. Dieu nous aidera sans aucun doute et sera avec nous à la bataille.

Il la quitta tout de suite, tandis que la princesse soupirait et pleurait ; puis elle monta à sa fenêtre pour avoir sous les yeux toute la campagne.

Je dois revenir à Robert, dont la peine ne fut comparable à aucune autre, quand il vit l'empereur quitter Rome en proie à la peur. Il l'eût aidé de grand cœur, si Dieu n'eût fait des reproches à sa conscience ; il ne savait que faire ni que dire, soupirant, les larmes aux yeux. Il entra dans le jardin pour se lamenter. Seul, sans être suivi de personne, il s'assit près de la source et donna en secret libre cours à son chagrin, en implorant en silence, au fond de son cœur, la pitié divine, les mains jointes en direction de l'Orient.

Et voici qu'apparut le messager de Jésus-Christ dans sa blanche armure ; il descendit de cheval sur la prairie, sous le pin aux larges branches. La jeune fille s'en réjouit, sûre qu'irait à la bataille celui qui l'emportait sur tous en prouesses; elle en fut profondément heureuse.

— Robert, mon ami, dit le sage et courtois messager, armez-vous vite : Dieu vous le commande.

Robert exécuta son ordre. Il sortit en armes sur son cheval, par la brèche, et déboucha en pleine campagne. La blanche banderole fixée à sa lance, il se dirigea vers l'endroit où il entendait des sonneries de cors. Les Turcs avaient déjà chassé sur une grande étendue du terrain les Romains qui n'avaient pas le courage de contre-attaquer. Mais tout à coup ils résistèrent, quand ils aperçurent de loin Robert qui volait à leur secours en un si grand besoin. Ah, Dieu, qu'ils furent soulagés! Ils reprirent courage et hardiesse. L'empereur fut transporté de joie, et le pape aussi.

Les Turcs, de leur côté, reconnurent Robert à ses blanches armes; du plus loin qu'ils le virent venir, les plus hardis en furent ébranlés, car ils avaient entendu dire qu'il avait fait grand carnage des leurs. Il trancha en effet poitrines et gorges; saisis d'épouvante, les Sarrasins se crurent en présence de saint Georges. Robert trouva l'armée des Romains qui allait à la débandade; ils auraient été en grave danger, si la déconfiture avait duré encore un peu et s'il ne leur avait redonné confiance en se glissant parmi les fuyards.

Avec plus d'impétuosité qu'une tempête, si bruyante fût-elle, il attaqua les Turcs; plein d'audace, il lança son cheval au cœur de la bataille, là où il distinguait le chef. Il n'était pas d'arme qui l'arrêtât et, comme un ouragan, il fit une percée dans les rangs. Son arrivée mit les

Turcs en déroute, il parvint à atteindre le chef et d'un coup de lance lui transperça tout le corps, l'abattant sur le carreau devant tous ses compagnons. Puis il fonça sur ces chiens de Turcs partout où il les trouva. Il en écervela tant, il en tua tant avec sa lance que, terrifiés, ils n'osèrent plus lui tenir tête. A sa suite les Romains ne s'endormirent pas, ils se ruèrent sur les Turcs et passèrent au fil de l'épée ceux qu'il avait renversés : ils eurent de quoi glaner, car Robert ne manquait jamais son coup pour les jeter à terre.

Les Turcs avaient maintenant le dessous, en plein désarroi ; ils prirent la fuite malgré leur nombre, incapables de se défendre sur place, ils n'eurent pas le cœur à attendre Robert qui les terrorisa et fit deux fois mieux que par le passé. Ce jour-là ses exploits avaient été si éclatants qu'à la pointe de l'épée il avait nettoyé des Turcs toute la campagne ; il les repoussa en pleine débâcle, parmi les cris et la poursuite. Les Sarrasins, amiraux ou grands seigneurs, ne demandèrent pas leur reste, tous décampèrent en un sauve-qui-peut, s'enfuirent vers la mer et s'y jetèrent à la nage malgré la fureur des flots. Quant aux prisonniers, ils n'eurent pas besoin de rançon. Ces vaincus regrettaient leurs femmes et leurs enfants qu'ils pensaient ne plus jamais revoir. Ceux qui vidaient les selles n'échappèrent pas à la mort ; ils ne songèrent pas un instant à défaire les tentes et à sauver leurs biens. Il n'y eut qu'à peine une moitié de rescapés, les autres furent tués ou noyés en mer où ils furent poussés.

Tandis que les Romains s'acharnaient à malmener les Turcs, dont ils prenaient les têtes, à faire du butin qu'ils chargeaient sur les tentes,

Robert quitta les lieux et s'en alla sans que personne l'en empêchât. Plusieurs le virent partir et descendre vers le petit bois éloigné de Rome ; puis il passa par la brèche et entra dans le verger, sous l'arbre où sortait la belle source. Il y trouva le messager assis qui le pria de se désarmer aussitôt, avant qu'on ne l'aperçût. Il se désarma sur-le-champ, désireux de ne pas être vu ; il rendit toutes les armes, sauf la lance, au messager qui fit demi-tour et sortit du jardin, laissant là Robert. Fort de son expérience, il alla laver à la source toute proche son visage ensanglanté et blême des coups qu'il avait reçus, puis alla dormir à la chapelle.

La demoiselle assista à toute cette scène, de la fenêtre où elle était assise. De pitié les larmes lui coulèrent sur le visage ; elle quitta sa fenêtre et descendit dans la salle, en quête d'un divertissement.

Quand l'empereur eut conquis le camp où les Sarrasins avaient été terriblement décimés, il donna ses ordres, selon ses projets.

— Qu'on me fasse immédiatement venir, dit-il, celui qui m'a protégé, sauvé et défendu et qui m'a rendu le pouvoir, car je veux le considérer comme mon ami.

Suivant son commandement, on manda le héros, mais ni les familiers ni les étrangers ne purent en trouver la trace : tous, disaient-ils, étaient fâchés de ne l'avoir pas vu. L'empereur s'en attrista ; le pape et les légistes, quant à eux, furent profondément peinés.

— Il ne s'est pourtant pas envolé, disaient beaucoup de ceux qui étaient là et qui l'avaient vu, de leurs yeux vu, se diriger vers la cité de Rome, puis vers le petit bois, comme n'importe quel homme, comme un être de chair libre de ses mouvements. Mais ils ignoraient où il se tenait, où il logeait après avoir quitté la bataille.

— Il est parti, dit l'empereur, nous n'aurons plus l'occasion de le voir : ce qui est perdu est perdu ! Il faut s'y résigner. Que chacun rentre chez soi ; mais je veux avoir tous les barons, tous les nobles et vaillants chevaliers à ma table pour fêter ma victoire, afin que personne ne l'oublie. Monseigneur le pape y sera aussi.

Tous répondirent sans difficulté à l'invitation. Ils se mirent en route et arrivèrent à Rome dans la joie ; ils allèrent rendre grâce à saint Pierre, puis se rendirent dans la salle au repas de l'empereur. Les joueurs d'instruments exécutèrent leurs chants, la trompette sonna le lavement des mains et les préposés aux cuisines servirent le menu. Après s'être lavé, le pape alla s'asseoir à la table, à la place la plus honorable. Le cœur à la fête, l'empereur alla chercher sa fille ; la demoiselle enleva sa guimpe et se mit à côté de son père à la grande table où l'on montait par quelques marches. Après elle s'assirent les ducs, les comtes et tous les barons de Rome. La salle était remplie de braves chevaliers de l'empire experts à la guerre. Dans tout le palais ils prirent calmement leur place sans se disputer les bancs.

Robert se réveilla alors sous son escalier, incroyablement fatigué et fourbu, tant les Turcs lui avaient mené la vie dure. A petits pas tranquilles il entra dans le palais pour manger et dès que l'empereur l'aperçut, il lui cria de sa voix claire :

— Seigneur, soyez le bienvenu ! Seigneur sage et bien appris, avancez et asseyez-vous à la meilleure place que vous verrez, grâce à votre venue la fête ne perdra rien de son entrain.

Robert alla s'asseoir à ses pieds, mais écoutez ce que fit la jeune fille : elle se dressa, debout en face de lui, pour honorer sa vaillance et sa prouesse, puis elle s'inclina et se rassit en montrant qu'elle le faisait de bonne grâce. L'empereur en fut gêné, mais par respect pour l'assistance n'en voulut rien laisser paraître et parla d'autre chose, de son fou qu'il voyait en piteux état.

— Mon Dieu, fit-il, comme on a aujourd'hui maltraité mon fou, couvert de blessures ! On lui a abîmé tout le visage !

Il ordonna aux domestiques de lui apporter à manger en abondance et ils le servirent largement. Connaissant les goûts de Robert ils donnèrent d'abord à manger au chien, mais Robert bondit et sans bâton, sans arme aucune il disputa la nourriture à l'animal, la lui arracha de la gueule, puis se mit à manger et s'en reput tant qu'il y eut de quoi prendre. Quand il fut repu et que sa faim fut calmée, il alla offrir au chien les bons morceaux et les lui laissa prendre dans sa bouche. Jeunes et vieux s'en égayaient et tous s'en amusaient sans exception. Jamais, disaient-ils, ils n'avaient vu un fou comme celui-là, il n'avait pas son pareil jusqu'à Trapani[1]. Après le repas, les serviteurs dont c'était la tâche enlevèrent les nappes et mirent les tables de côté[2]. Les jeunes gens allèrent alors, à flots, se ranger sous les yeux de l'empereur et les beaux parleurs avouèrent que lui et les Romains avaient dû leur salut à un seul homme qui portait une armure blanche. C'est lui qui avait exterminé les païens.

1. Port de Sicile à l'extrémité de la côte occidentale.
2. Suite de l'opération de la note page 66 : les planches sont recouvertes de nappes.

— C'est vrai, dit l'empereur; tout le gain lui en revenait, s'il avait daigné venir le demander et je lui donnerais une bonne part de ma terre et de mes biens, s'il désirait les avoir. Mais il ne s'en soucie pas, me semble-t-il. Je ne sais par quel mystère il vient nous aider chaque année et ne daigne pas nous adresser la parole. Je payerais mille marcs d'or fin et je lui en ferais cadeau pour le voir une fois face à face devant moi.

Quand sa fille l'eut entendu, sans attendre elle lui montra Robert du doigt et lui fit un signe bizarre, inconnu de son père. Il appela ses gardes habitués aux signes de sa fille : elle savait quelque chose qu'elle avait l'intention de lui révéler. On fit venir les dames, et les gouvernantes se présentèrent; les aînées, les plus âgées savaient parfaitement ce qu'elle voulait dire.

— Sire empereur, dit l'une, ce que votre fille veut vous faire savoir est sans fondement : elle dit que le fou a délivré le pays des Turcs et les a chassés, que c'est lui qui les a mis en déroute, le preux chevalier aux armes blanches qui s'est armé sous les branches du pin pendant sur la source, lui l'étendard et le bouclier qui a remporté la victoire! Mais c'est sornette de diseur de bonne aventure! Elle dit qu'il a le visage meurtri, écorché, blessé par les formidables coups qu'il a reçus.

— Assez, loin d'ici, mesdames! Allez vous amuser ailleurs! Tout cela n'a aucun sens. Ma fille est folle, elle radote à cause de ce fou qui lui fait perdre la raison; parce qu'il n'a pas plus qu'elle l'usage de la parole, elle lui porte de bons sentiments. Elle n'est pas sensée, soyez-en sûres; emmenez-la immédiatement, que le feu de l'enfer la brûle! Et surveillez-la mieux que vous ne l'avez fait jusqu'à présent, car je suis outré de ses lubies.

Les gouvernantes emmenèrent la sage et bonne jeune fille et les barons prirent sans délai congé de l'empereur et rentrèrent chez eux, ce qu'ils avaient de plus raisonnable à faire.

Les Turcs se retirèrent à la hâte, versant des flots de larmes sur leurs amis massacrés sous les murs de Rome où ils avaient abordé. Après une longue traversée ils arrivèrent en Asie Mineure, à une cité cossue, déplorant les graves dommages qu'avaient subis les leurs, redoublant de déception et de colère. Quand on apprit là-bas cette catastrophe, depuis Babylone les Turcs de Macédoine et ceux de l'autre Babylone[1] affluèrent en armes. Jamais, affirmèrent-ils, ils ne resteraient tranquilles avant d'avoir vengé la honte qui les avait éclaboussés. Ceux d'Arabie et de Syrie, le peuple barbu aux cheveux crépus se réunirent en un grand rassemblement près d'Aviona[2]. S'y rendirent les Turcs d'Alexandrie, ceux d'Almeria[3], de Russie et de la région de Camela[4]. Le roi de Damas ne s'esquiva pas, mais réunit les forces de ses barons pour venger les Turcs du pays des Alains. D'Edesse et du Korasan et de tant d'autres terres étrangères ce fut un rassemblement général où il fut décidé d'aller porter la guerre chez les Romains. Les Petschenègres et les Comains se joignirent à eux.

A grands frais ils équipèrent luxueusement

1. L'autre Babylone est Le Caire.

2. Aviona, Valoine dans le texte, est sur l'Adriatique, au sud de Durazzo.

3. Ville d'Espagne, sur la mer, au royaume de Grenade; elle fut conquise sur les Sarrasins en 1147.

4. Camela, ou Emesse, aujourd'hui Homs, ville de Syrie.

leurs bateaux. Ce fut la plus grande armée de Sarrasins jamais réunie et on n'en vit jamais de pareille. Au nom de leur dieu et de leur foi les traîtres de Turcs jurèrent que s'ils parvenaient à débarquer à Rome, les Romains qui avaient infligé à leur race un si cuisant désastre seraient tous exterminés et que ni artifice ni sortilège ne protégerait l'homme aux blanches armes, s'il les attaquait sur le champ de bataille : ils lui tireraient l'âme du corps.

Les Turcs s'apprêtèrent à partir, qu'il gèle ou qu'il pleuve. Entre-temps, par des messages ils demandèrent à leurs amis les plus lointains, les plus étrangers, de leur envoyer de nombreuses troupes bien armées et bien équipées; mais on leur répondit par le mépris : « ils seraient condamnés à une cruelle défaite, s'ils conduisaient à Rome toutes leurs forces ».

A l'époque où les prés reverdissent et les feuilles sortent des bourgeons, les païens s'embarquèrent dans le tumulte sur la mer dont les flots s'agitaient violemment. Ces traîtres, ces enragés de Turcs, après une longue navigation, arrivèrent au port redoutable où ils lançaient les leurs à la mort. A huit lieues de Rome ils sortirent de leurs navires, posèrent leurs tentes et déchargèrent les vaisseaux sans délai. La nouvelle se répandit à Rome qu'ils avaient débarqué sur la plage, sans bruit, et qu'ils avaient réuni une armée bien plus importante que les deux précédentes qui avaient été battues.

Les Romains eurent peur, remplis d'épouvante comme jamais. A ces nouvelles l'empereur perdit son sang-froid; il fit annoncer dans l'empire qu'on vienne secourir et défendre Rome menacée par les Turcs. Une fois encore il fit appel au sénéchal et lui demanda de s'engager par serment à l'accompagner à la bataille : « Par Dieu, qu'il ne lui fasse pas défaut en face des Turcs d'Asie Mineure, ce qui serait une grave et coupable erreur. » Le sénéchal demeura insensible; il jura, par Dieu et sa mère, qu'il n'irait à son secours que si l'empereur lui accordait sa fille pour femme; mais celui-ci répliqua qu'il ne jetterait pas des perles aux pourceaux : « plutôt voir la perte de Rome et l'effondrement des remparts que de la lui accorder ». Le sénéchal s'abstint donc, ce qui lui valut force blâmes.

L'empereur réunit son armée et les Romains jeûnèrent, afin que Dieu les conseillât bien; les dames passèrent la nuit en veilles en priant Dieu, le Tout-Puissant, de leur envoyer leur protecteur, le chevalier au blanc bouclier qui leur avait sauvé la vie, car elles seraient mortes depuis longtemps, s'il n'était pas venu garder les portes. L'empereur à présent a mis sur pied son armée, pour n'être pas l'objet de railleries à attendre les Turcs, bien décidé à se défendre contre eux.

Un mercredi, au point du jour, les Turcs s'apprêtèrent au combat. Les Petschenègres et les Comains formaient un premier bataillon, et les autres un second. Parce que ma matière est déjà longue, je m'en tiendrai à un seul chiffre sur le nombre des effectifs turcs : ils avaient vingt-quatre corps de troupes en marche contre les Romains, et six mille hommes en chacun. Ils menaçaient dangereusement les habitants de la ville, auxquels ils voulaient porter des coups mortels. Du haut des arcades des remparts chrétiens les sentinelles les virent venir et on entendit alors les puissantes sonneries des trompettes et des petits cors.

L'empereur accourut chez le pape, l'emmena avec lui dans la salle, pleine des hauts barons de l'empire, rompus à la guerre. Malgré leur désarroi ils allèrent tenir conseil dans une chambre pour discuter sur la conduite à tenir; ils mirent au point un plan : comment marcher au combat, comment rester maîtres du terrain contre l'attaque des Turcs. La délibération se prolongea longtemps. A la fin l'empereur prit la parole :

— Seigneurs, Dieu le Père nous a envoyé deux fois un chevalier qui nous a été un solide rempart contre l'agressivité des Turcs. Rome aurait été depuis longtemps détruite sans la force et la vaillance du chevalier à la blanche armure qui nous a défendus. Voici ce que je pense : celui qui m'a servi deux fois et qui a bien mérité de moi, s'il vient à notre secours comme à son habitude, il aura droit, s'il l'accepte, à la récompense de ses services, car c'est un homme qui ne ménage pas sa peine. Si c'est Dieu qui nous l'envoie, nous n'aurons pas de quoi nous plaindre, puisque nous ne réussirons pas à l'atteindre. Si c'est un simple mortel, rien ne pourra l'empêcher d'être pris avant qu'il ne se retire, si du moins il paraît à la bataille. Sitôt que je serai en armes, je ferai tendre une embuscade là en bas, dans la plaine, sous le feuillage des halliers. Les hommes d'armes et les petites gens m'ont raconté qu'il passe par là, quand il voit que la bataille est terminée. Nous le prendrons là en bondissant sur lui, s'il se présente et si Dieu nous l'amène.

Ce plan fut approuvé par beaucoup. Tous alors coururent s'armer et, pleurant à chaudes larmes, revêtirent leur heaume et leur haubert pour se protéger. Une fois armés de pied en cap, chacun sous son heaume bigarré soupira et implora le Créateur de le laisser revenir sain et sauf sous son équipement et de pouvoir venger le deuil des siens sur ces mécréants de païens. L'empereur prit toutes les précautions pour mener à bien l'affaire; il constitua tout d'abord les bataillons; quand ils furent en bon ordre, il commanda à ses barons de s'ébranler au nom du glorieux martyr qui souffrit la mort et la Passion pour notre rédemption. Ils sortirent tous ensemble au son des trompettes et des cors. Le pape fit aussi sa sortie en rase campagne, entouré d'une nombreuse compagnie derrière sa bannière, et il donna sa bénédiction aux Romains qui étaient bien peu rassurés. Sans attendre davantage l'empereur dit au revoir à sa fille, la généreuse princesse, et s'en alla, triste, inquiet, la mort sur le visage, en homme qui affrontait le face-à-face avec les Turcs; il s'avança sur le champ de bataille, suivi de ses gens. Que Dieu les protège d'un mortel danger!

Lorsque Robert vit que l'armée marchait contre les Turcs, tout proches, il éprouva peine et chagrin de ne pas les accompagner, persuadé qu'il infligerait de grands dommages aux Turcs qui avaient déjà pris l'offensive et s'étaient tellement avancés qu'ils avaient capturé les sentinelles. L'empereur mit en place ses troupes sur le terrain; il fit cacher trente chevaliers dans le bois, sous le feuillage; ils mirent pied à terre et se dissimulèrent en embuscade sous les branches; si l'inconnu venait pour soutenir le combat, ils le saisiraient au retour, comme le leur avait recommandé l'empereur qui ne resta pas avec eux, mais alla tenir tête aux Turcs qu'il redoutait, car ils étaient en nombre formidable, hardis, forts et pugnaces.

Écoutez à présent ce que fit Robert qui gagna la source pour savoir si par hasard paraîtrait la sainte créature, en armes, selon son habitude. Il s'assit sous le pin embaumé et versa quelques larmes, tourné vers l'Orient, et pria Notre-Seigneur avec ferveur en l'appelant par son nom de lui envoyer son messager. Tout aussitôt il le vit qui venait vers lui et lui apportait le blanc équipement. Robert en fut réconforté, et aussi la noble jeune fille qui, au bord de sa fenêtre, se lamentait sur les Romains et sur son père partis à la dure bataille. Le messager divin ne perdit pas de temps : il alla à Robert et lui confia les armes qu'il revêtit.

Il était magnifique, monté sur son cheval. Le héros riche en mérites quitta aussitôt le messager de Dieu qui fit sur lui le signe de la croix. Il déboucha en pleine campagne et passa le long du bois où, sous le feuillage, les trente chevaliers d'élite le guettaient sans faire de bruit : ils le prendraient à son retour et, si possible, le retiendraient. Robert se dépêcha de passer outre et vit sur la droite la grande bataille qui avait commencé. Au début les Turcs eurent nettement le dessus, ils avaient refoulé en tas les Romains vers la bannière au dragon[1] resplendissant d'or. Ceux-ci étaient prêts à battre en retraite, lorsqu'ils aperçurent le blanc chevalier qui piquait des deux énergiquement. Chacun joignit alors les mains vers Dieu pour le secours qu'il leur envoyait. L'empereur en pleura de joie, car désormais il ne craignait plus que ses gens

1. Cette bannière est peut-être un souvenir de celle d'Uterpandragon, dans le *Merlin*, qui comportait un dragon, encore que cet animal héraldique soit assez fréquent.

connussent la déroute, puisque arrivait le blanc chevalier qui soutenait les forces romaines.

Les Turcs en furent mortifiés, eux qui avaient beaucoup entendu parler du héros et de sa vaillance. Chacun s'efforça comme il put de se protéger, de se défendre et d'attendre de pied ferme Robert qui en s'élançant sur eux à bride abattue les heurta violemment, soucieux dans son ardeur de se mêler aux païens, afin de pouvoir au grand galop les frapper à la poitrine, au cou et à la tête : il pensait leur annoncer des fêtes où ils auraient plus de souffrances que de joie. Un loup affamé ne fond pas sur sa proie avec plus d'impétuosité que Robert sur les Turcs, lance baissée, et ne fonce pas avec plus d'élan. Il frappa un Turc, l'abattit mort à terre, barbe étendue, puis s'approcha et lui coupa la tête. Il se jeta en pleine mêlée, éperonna au milieu d'eux son cheval fringant; il frappa, renversa, bouscula, tua, écrasa tout ce qu'il atteignit jusqu'à ensanglanter et à souiller son étendard, qui se tordit. De sa lance, il en avait mutilé et massacré plus de vingt. Il aperçut un roi du pays des Maures à la tête de son bataillon qui s'acharnait à faire du mal aux Romains qu'il détestait, en les tuant froidement.

Robert accourut de ce côté, fendit la presse jusqu'au roi et lui enfonça sa lance encore sanglante en pleine poitrine jusqu'au cœur; il le fit choir mort à terre de la croupe de son cheval, mais le bois de sa lance éclata et se brisa; sans désemparer, il saisit l'épée qu'il portait à son côté, se faufila dans les rangs, massacra et mit tout en pièces. Chassant les mouches autour de lui, il fit blêmir les bouches des Sarrains qu'il estropiait. Aux alentours le champ de bataille était couvert de ceux qu'il avait aplatis face contre terre; et il mit en sang tout le terrain. Il avait tant renversé, tant abattu que sa violence terrorisait les traîtres de Turcs — que Dieu les accable! Devant ses pas ils vidèrent la place; devant lui ils cédèrent du terrain, mais derrière son dos chacun le pressait de sa lance, de la hache ou de l'épée au clair. Sans repos, sans répit, il faisait volte-face, allait, venait, éperonnait, en combattant qui ne craint personne.

Rassurés, les Romains supportèrent le choc de la bataille avec Robert qui s'en réjouit. Les Turcs arrogants le maudissaient, ils n'en menaient pas large, car il ne rencontrait pas de troupe, si farouche fût-elle, qu'il ne l'enfonçât et ne la dispersât. Il avait si bien brisé et mis à mal l'avant-garde que les Turcs avaient pris la fuite. Les Romains les talonnèrent dans le dos en renforçant le tumulte et en répandant la terreur dans leurs rangs éprouvés par de graves pertes; les hommes de l'empereur les assaillirent avec fureur, sans ménager leur peine, si bien qu'ils les déportèrent sur un autre corps de troupe, disloqué à son tour dès leur assaut. L'adversaire ne pouvait plus résister, car les Romains jetaient le désarroi dans leurs rangs et se vengeaient de leur âpre hostilité.

Sur le front du combat Robert piquait des deux et galopait, écrasait et estropiait les Turcs, les pourchassant d'un bataillon à l'autre. Il traquait impitoyablement les Sarrasins, les coupait en morceaux, incapables qu'ils étaient de parer ses coups, et ne les perdait pas d'un pas. Il les menait, ferraillant au moins sur une bonne lieue, tandis que les Romains, qui de leur côté passaient à la charge, ne rencontraient pas d'amiral si puissant fût-il, sans le mettre à mort. Robert passa à travers les innombrables formations turques et les disloqua; il n'éperonna pas pour rien, mais se lança, sans en être empêché, là où il voyait leur étendard; au beau milieu de la presse et de la cohue des Turcs qui s'étaient précipités là, il jeta à terre l'étendard, ne relâcha pas ses efforts et en passa tant au fil de l'épée qu'ils s'écartèrent tous de son chemin. Les Romains qui éperonnaient à sa suite assenèrent de grands coups dans le tas, se ruèrent de tous côtés sur les Turcs et les mirent en piteux état. Leur force et leur courage commençaient à faiblir, car Robert portait des coups si redoutables qu'il n'avait plus personne devant lui. Ils abandonnèrent le terrain, se retirèrent, vaincus, défaits, en pleine déconfiture. Ah! Dieu, comme ils avaient payé cher leur jactance et leur témérité! Les voilà honnis et terrassés.

La poursuite fut sans répit et les cris de guerre s'élevèrent, cuisante blessure pour les païens. Battus à plate couture, les plus hardis ne regardaient plus ni parent, ni frère, ni compagnon, ni seigneur, ni père. Tous fuyaient en un sauve-qui-peut, sachant bien qu'il ne serait pas question de rançon, s'ils étaient rattrapés par ceux qui menaient la guerre. Aussi s'enfuyaient-ils à qui mieux mieux; ni les jeunes ni les vieux ne songeaient à regarder ce qui se passait près d'eux. Encore poursuivis après une longue chevauchée, ils étaient très loin de leurs tentes, tandis que les Romains n'avaient d'autre but que de les désarçonner, de les tuer et de les pousser jusque dans les flots de la mer. Voici que les Turcs étaient en détresse, leurs chevaux leur faisaient défaut, on les avait trop épuisés et surmenés; ils s'étaient trop hâtés de se replier sur Rome. Sous l'effet de la chaleur, de la fatigue et du poids des cavaliers, les bêtes faiblissaient et ne pouvaient reprendre leurs forces. Sur place les Romains taillaient en pièces, anéantissaient tout, serraient de si près les Turcs qu'il n'en restait que la moitié; ils n'échappèrent pas à la mort sur le champ de bataille, puisqu'ils ne pouvaient gagner le port.

Robert les devança sans se lasser de la tuerie : animé par la haine, il arriva avant eux au bord de la mer, où s'étendait un vaste marais. Jamais un lion ni un loup-garou ne fit sur ses proies un ravage comparable à celui que fit Robert en pourchassant les Turcs, acharné à les exterminer; son épée en était couverte de sang. Au port, sur le rivage, il acheva le carnage en accumulant morts sur morts.

A présent l'ennemi était en complète débâcle. Les Romains en avaient tant tué que les Turcs ne pensaient pas à défendre leurs tentes, mais se laissaient choir du haut des rochers et des ravins. Dieu, avec quelle ardeur les Romains soulagèrent leur fureur! Les Turcs ne tinrent pas Robert pour un lambin : il les poursuivit jusqu'à la mer, puisqu'ils n'avaient d'autre chemin. C'est là que s'étaient précipités ceux qui n'avaient pu être rattrapés; quant à ceux qui avaient plongé dans les flots, ils ne s'étaient pas tirés d'affaire : à ce moment un horrible vent s'éleva sur la mer en tempête et les vagues s'écroulèrent les unes sur les autres, toutes blanches d'écume. Les Turcs qui s'y lancèrent pour se sauver firent là une énorme folie, car la mer les poussait les uns contre les autres et engloutissait toutes la vilaine engeance. Ils ne pouvaient atteindre les navires et, s'ils restaient au bas des embarcations, ils se noyaient et périssaient aussitôt. Pour ceux qui refluaient sur le rivage, pas un ne s'en sortait vivant, car les Romains les accueillaient avec leurs épées qui buvaient dans les cervelles. Tout était terminé, Robert et les Romains les avaient anéantis sans espoir de salut.

Le massacre des Turcs terminé, plus épouvantable que je ne puis le dire, on courut aux tentes pour faire du butin, mais Robert leur faussa compagnie ; il avait d'autres pensées en tête. Il abandonna le champ de bataille enfin conquis, si discrètement que personne ne put le voir ni lui adresser la parole. Il s'en retourna le long du bois où étaient les trente chevaliers tapis sous le feuillage. Ils virent Robert quitter l'armée et s'approcher du bois, mais le moment, pensèrent-ils, n'était pas encore venu de piquer des deux pour le renverser et se saisir de lui, tant qu'ils ne l'estimeraient pas assez près d'eux pour s'élancer et s'en rendre maîtres : ils ne pourraient pas le manquer et s'ils n'arrivaient pas à le retenir par le frein de sa monture, ils tueraient son cheval et ainsi il lui serait impossible de s'engager dans le vallon ; puisqu'il allait au-devant du piège, ils seraient déconsidérés s'il leur échappait. Ils se mirent aussitôt en selle, prêts à capturer Robert, surgirent à la lisière du bois, tandis que Robert longeait un pâturage par le sentier qui rejoignait le bois. Les chevaliers débusquèrent alors de leur cachette et piquèrent des deux.

— Mon brave, s'écrièrent-ils, vous êtes pris ! C'est ici, à Rome, que vous célébrerez de joyeuses fêtes, s'il plaît à Dieu.

L'autre gardait le silence devant les chevaliers dont il ne s'était pas méfié, il n'en était pas content et ne savait que faire. Il craignait d'avoir des ennuis, persuadé que l'empereur lui-même les avait placés derrière cette haie avec l'intention de lui donner ses richesses et de l'avoir auprès de lui. Mais cela le laissa indifférent, car il n'ignorait pas ce qui allait arriver : s'il était pris, ce serait pour lui une grande déception, on saurait son histoire et il ne pourrait plus demeurer à la cour.

Du fond de son cœur il se mit alors à prier Dieu de le défendre et de ne pas le laisser prendre par les chevaliers. Il éperonna violemment son cheval et, s'affermissant sur les étriers, fonça droit vers le vallon à bride abattue. Derrière lui s'élevèrent des nuages de poussière soulevés par ceux qui se lançaient à sa poursuite. A plusieurs reprises ils abaissèrent leurs lances pour tuer son cheval, mais ils avaient tant couru que leurs destriers épuisés n'en pouvaient plus; ils s'arrêtèrent tout près d'un étang, sauf l'un d'eux qui s'engagea dans un sentier, à l'écart des autres, et se rua sur Robert, espérant le saisir par le frein; mais Robert se dégagea et quand l'autre vit qu'il ne pourrait pas le prendre et que Robert s'éloignait déjà, il se dit qu'il n'en serait pas ainsi : il tuerait son cheval.

Impétueusement il piqua des deux vers lui et, quand il arriva à sa hauteur, baissa sa lance et pensa frapper le cheval, qui était une cible bien en vue parmi les sangles pour lui percer le cœur et l'abattre. Mais il n'arriva pas à pousser la lance dans la bonne direction, blessa Robert à la cuisse et y planta le fer jusqu'au bois. Jamais, je crois, Robert ne connut si grande angoisse qu'à cet instant, mais la blessure ne l'empêcha pas de poursuivre son chemin à toute allure malgré la douleur de sa blessure; il serra sa plaie, afin que le sang ne coule pas à terre. L'auteur de la blessure fit halte en retirant sa lance sanglante et tordue, mais sans en rapporter le fer qu'il laissa dans la cuisse de Robert qui s'en alla souffrant du fer enfoncé dans sa cuisse et dont il ne savait que faire. Pourtant il s'était tant hâté qu'il mit enfin pied à terre dans le jardin ; et il rendit l'équipement au messager qui lui dit au revoir et s'éloigna bien vite.

Robert à grand-peine alla à la source ; il avait horriblement mal, mais s'arrangea du mieux qu'il put. Il avait le visage en sang, meurtri des coups qu'il avait reçus. Il le lava, puis enleva le sang qui était autour de sa plaie ; celle-ci l'inquiétait, car elle ne cessait de s'ouvrir et de saigner à cause du fer qui le faisait souffrir ; il le retira non sans mal, puis chercha un emplâtre pour sa plaie, mais ne trouva que la mousse arrachée à un arbre sec ; il en enleva la boue malodorante et se l'appliqua. Après avoir examiné la plaie et posé sur elle la mousse, il prit le fer qu'il avait extrait et le cacha sous la terre, dans un des courants de la source, afin que personne ne vînt le chercher ; puis il se leva, bien mal en point, et alla se coucher sous la chapelle. Dieu, comme elle pleurait, la jeune fille qui le regardait à sa fenêtre et à laquelle rien n'avait échappé de ce qui s'était passé ! Ce qu'elle avait vu fit naître une immense pitié dans son cœur : elle avait vu l'embuscade bondir hors du bois, les assaillants de Robert qui avaient échoué à le prendre, elle l'avait vu ensuite rendre les armes au messager, à l'ombre ; elle avait vu la plaie qui le gênait, comment il l'avait examinée et y avait appliqué de la mousse, comment il avait caché le fer qu'il en avait retiré. Elle fut chagrinée de le voir blessé et en mauvais état.

Le chevalier n'était pas content d'avoir blessé Robert ; il crut perdre sa foi en Dieu ; il ne cessait de se désoler et se reprochait d'avoir tué le bon chevalier qui avait si bien défendu Rome : « Elle lui doit la même reconnaissance que doit le chien jeté à l'eau à celui qui le ramène au rivage, mais sitôt qu'on l'a mis sur la terre ferme, il n'est plus question de bons sentiments ; il aboie après son sauveteur et veut le mordre. »

— C'est bien ce que j'ai fait, dit-il, je suis pire qu'un sale chien.

Ses compagnons qui le suivaient lui demandèrent s'il avait réussi.

— Seigneurs, répondit-il, je suis furieux ! Je pensais tuer le cheval de ce brave chevalier qui passait par ici et je lui ai planté dans la cuisse un bon morceau de ma lance avec tout le fer. Je ne sais ce que je dois faire : il emporte mon fer dans sa plaie, j'en ai retiré le bois sanglant et tordu, j'en suis profondément malheureux, parce qu'on n'aurait pas dû le trahir, mais l'honorer et avoir pour lui un culte comme pour un saint. Le voilà bien mal récompensé de ses mérites ! C'est la leçon à tirer.

Sur le rivage l'empereur était fou de joie, son cœur battait de plaisir : les Sarrasins avaient misérablement péri dans la bataille. Il commença le partage du butin, fit les parts et distribua tout ce qu'on avait gagné, renonçant quant à lui à la sienne, fût-elle de la valeur d'un œuf de poule. Le noble seigneur, bien né, fit mander le blanc chevalier, mais il eut beau s'informer, il n'en eut pas la moindre nouvelle. Il fit appel au pape, à tous les barons, aux jeunes gens les plus braves ; il les invita tous sans exception à fêter ce jour et à partager sa table pour leur faire honneur. Les barons ne refusèrent pas l'invitation et l'acceptèrent de bon cœur pour lui faire plaisir. Ils s'y rendirent, joyeux, mais ce qui leur déplut, c'était de ne pas connaître leur protecteur, de ne l'avoir ni vu ni abordé.

— Soyez rassurés, dit l'empereur ; s'il a quitté les troupes et s'il passe le long du bois, où j'ai placé bon nombre de mes gens pour le prendre, ils le prendront et viendront me retrouver avec lui.

Tandis qu'ils échangeaient ces propos, ils virent venir ceux de l'embuscade, attristés, morfondus, la tête basse. L'empereur s'élança à leur rencontre, il s'enquit à plusieurs reprises de ce qui le préoccupait le plus. Ils les interrogea : avaient-ils pris le blanc chevalier qui l'emportait sur tous ?

— Seigneur, firent-ils, nous ne l'avons pas ! Nous l'avons poursuivi de toutes nos forces, sans nous ménager, mais aucun de nous n'a réussi à l'atteindre, sauf le chevalier qui vient vers vous, sa lance sanglante à la main. Il l'a rejoint, nous vous l'assurons ; il pensait tuer son cheval, mais faute de chance, ce qui arrive à tout le monde, il a manqué le cheval. A proximité du vallon il a rejoint l'homme aux blanches armes, ni artifice ni sortilège ne détournèrent le coup en pleine cuisse. Que Dieu lui accorde la guérison ! Le blessé porte le fer dans sa plaie ; le chevalier regrette sa fâcheuse maladresse ; vous pouvez voir le bois de la lance en sang.

— Il a manqué son coup, dit l'empereur, mais ce n'est pas sa faute ; il n'y est pour rien, il ne l'a pas frappé sciemment.

Quand les Romains apprirent ces nouvelles, ils ne les trouvèrent pas de leur goût. L'âme en peine, ils en avaient les larmes aux yeux et l'empereur, pris de pitié, fondit lui aussi en larmes. Sa douleur ne le quittait pas, poignante jusqu'à son retour à Rome, dans une cité consternée. Les femmes de basse condition aussi bien que les bourgeoises versèrent d'amères larmes sur celui qui avait sauvé les Romains au prix de tant d'efforts.

— Il s'en va, blessé et découragé, disaient-elles ; sa bonne action a causé sa perte et ses mérites ont abouti à son déshonneur. Belle récompense de l'aide qu'il devait nous apporter ! Eh bien, les beaux bagages qu'il emporte ! Hé, Rome, mauvaise engeance ! Dieu devrait tous vous exterminer pour avoir malencontreusement mené à la mort celui qui vous a sauvés de la mort. Il nous a enrichis du trésor du pays des Comains et Rome regorge d'or. Ce gain, nous le devons à celui à qui vous avez offert la grave blessure qu'il porte !

Partagés entre la joie et l'affliction, les Romains entrèrent par la porte dans Rome. L'empereur se dirigea vers ses somptueux appartements accompagné du pape et des barons de la cité. Ils descendirent de cheval sur un antique perron, devant la porte du palais, confièrent leurs armes aux écuyers et allèrent manger, après s'être lavé les mains. Tous les puissants de Rome s'assirent à table, l'empereur aux côtés du pape, le saint homme. Par son connétable il manda sa fille, miroir de son bonheur, la fit asseoir et manger près de lui, parce qu'il l'aimait par-dessus tout et qu'une affection sincère prime tout. Dans la cour, au pied du palais, sur l'herbe abondante en cette saison étaient assis les hommes les plus vaillants, les plus élégants, les plus nobles de cœur, les plus généreux, les plus experts en amour, les plus sensibles à l'honneur, et les bons vavasseurs[1] du pays, utiles en temps de paix comme en temps de guerre. Les désirs de chacun furent satisfaits, mets abondants, bons vins à foison, service à souhait.

Robert s'aperçut qu'il était l'heure de manger et ne voulut pas se priver de paraître au repas, comme d'ordinaire. S'il avait pu s'en dispenser, il n'y serait pas allé cette fois, gêné par sa blessure. Mais il n'entendait pas se dérober, soucieux de ne pas donner lieu à quelque ruse et de tenir cachée sa véritable identité. Faible, préoccupé, pâle, la plainte à la bouche, il entra dans la salle et se traîna péniblement jusque devant l'empereur ; il posa difficilement un pied sur le sol, s'appuya sur l'autre qui était plus valide et s'approcha en tirant la hanche.

Lorsque la belle et blanche princesse le vit, elle se dressa debout devant lui d'un seul élan. La noble, courtoise et fine créature inclina profondément la tête, les mains jointes, très simplement, puis se rassit avec grâce. L'empereur fut indigné de la voir se lever en face d'un fou privé de la parole et il la tint pour folle ; mais quand il vit son fou boiter, il se mit à hocher la tête.

— Mon Dieu, fit-il, ce peuple odieux, décrépit et méchant, ces Romains — Que Dieu les punisse ! — à qui je ferai percer le cœur, même aux plus illustres, ces enragés qui me font tort et dommage, pourquoi ont-ils battu mon fou, pourquoi l'ont-ils si misérablement estropié qu'il tire sa hanche ? Ils lui ont mis en pièces, abîmé et

1. Les vavasseurs étaient des gens de petite noblesse, souvent peu fortunés, qui vivaient modestement sur leur terre.

cassé le visage! Ah Dieu, dans quel état me l'ont-ils laissé! Quelles luttes a-t-il donc soutenues aujourd'hui pour être si désorienté et si maigre!

Il se tut et fit apporter la nourriture, la fit jeter au chien devant Robert qui n'en prit que quatre morceaux mollement enlevés à la bête, mais il le fit pour cacher son jeu, sans quoi il n'y eût pas songé. L'empereur était en colère à cause du fou, si mal en point qu'il regardait à peine la nourriture. Le sénéchal donna alors l'ordre aux gouverneurs de ramasser les nappes; il voyait bien que les chevaliers, avec raison, n'avaient plus envie de prolonger le repas, puis quand on eut enlevé les nappes, chevaliers et jeunes gens s'entretinrent entre eux de leurs hauts faits, attentifs à ne pas passer sous silence leurs coups d'audace et leurs prouesses, pas plus du reste que leur peur dans les moments difficiles. Ils devisèrent de ces sujets, mais les propos roulèrent avant tout sur le blanc chevalier qui sous leurs yeux avait mis en déroute les Turcs, les avait pourchassés et vaincus, ne les avait pas perdus d'un pas jusqu'à ce qu'ils fussent refoulés sur le port, puis noyés et morts.

A la table où étaient assis les comtes, l'empereur parla longuement du chevalier au blanc bouclier; il avoua que, aussi loin qu'il s'en souvienne, aucun chevalier ne s'était si bien comporté et que personne au monde, si preux fût-il, ne serait son égal.

— Trois fois il a défendu Rome, trois fois il nous a rendu l'empire, trois fois il a accru notre honneur et jamais il n'a voulu se faire connaître d'un homme mortel. Je ne sais s'il est roi, empereur ou comte de haut lignage, je ne trouve personne pour m'en éclairer, mais je sais qu'il est de grand mérite, puisqu'il se dissimule de la sorte, car je ne connais pas d'homme au monde qui nous aurait rendu d'aussi grands services par ses armes ni qui aurait mérité une si haute récompense en venant jusqu'à nous. Rien ne l'aurait retenu. Mais il ne reparaît pas : c'est qu'il est, je pense, de noble origine. Sa blessure me consterne ; s'il vient, le tort que nous lui avons fait sera réparé, s'il veut obtenir justice ; je n'hésiterai pas à lui faire épouser ma fille et il n'aura pas à se plaindre, puisque après moi il aura l'empire ; s'il revient, il en sera le maître, car il aura ma fille.

A ces mots, la princesse lui montra le fou de sa main et lui fit signe clairement que c'était celui dont il parlait. L'empereur la crut folle, mais la belle ne cessa pas pour autant ; elle lui faisait signes sur signes et montrait du doigt qu'il devait aimer ce fou plus que personne. Perplexe, l'empereur pria son chambellan de faire venir les nourrices : il avait fort envie de savoir ce que sa fille voulait lui faire comprendre, tant il la voyait effrontée, sans gêne pour personne, sans crainte de la moindre honte.

Le sénéchal fit venir demoiselles, nourrices et servantes devant l'empereur, ce qui inquiéta sa fille.

— Dames, leur dit-il, ma fille vient de me faire des signes, expliquez-moi ce qu'elle veut dire.

Offusquée qu'on refusât de la croire et qu'on ne tînt pas compte de ses indications, la jeune fille recommença à faire ses signes et montra que le fou était digne d'avoir l'empire et la couronne, car elle lui donnait le prix sur tous. Les femmes qui comprirent les signes expliquèrent à l'empereur leur signification.

— Sire, dit une vieille servante, votre fille

raconte des sornettes, des enfantillages et des billevesées ! Elle prétend avec assurance que ce fou est le vainqueur de la bataille et elle est prête à soutenir en jugement qu'il n'est autre que celui que l'on estime tant ; elle a vu, dit-elle, qui il était vraiment, au bord de sa fenêtre ; elle vous fait savoir en son langage qu'elle l'a vu ce matin même sous le pin aux larges branches s'armer d'une riche armure blanche ; elle l'a clairement vu aller à la bataille, descendre le long du petit bois, puis se lancer dans la mêlée et frapper et abattre les Turcs. Elle a bien vu comment il les a pourchassés à cheval jusqu'à la mer, comment il est revenu, comment il s'est esquivé grâce aux nuages de poussière, puis est passé près du bois où l'embuscade l'attendait sous le feuillage ; comment les chevaliers bondirent sans réussir à le prendre, comment un seul d'entre eux prit les devants, essaya de l'attraper et le blessa à la cuisse ; comment il revint tranquillement à la source sous le pin où il retira non sans mal le fer resté dans sa plaie, comment il lava le sang qui en jaillissait, pansa la blessure avec de la mousse arrachée à un arbre sec, puis cacha le fer sous terre. Nous ne lui en avons pas demandé davantage, c'est tout ce qu'elle nous a raconté, mais elle ajoute qu'elle est honteuse de ce qu'on ne daigne pas la croire. Elle ne sait à qui se plaindre, si ce n'est à Dieu qu'elle prie de toute son âme de ne pas la faire mourir avant que vous n'ayez les preuves de la vérité.

— Ah Dieu, dit l'empereur, en voici une invention ! Et quelle histoire ! De quel reclus, de quel ermite nous tient-elle de si beaux discours ? D'un fou qui en toute saison est si insensé qu'il n'a ni mémoire ni intelligence et qui n'a jamais prononcé un mot de sa bouche ! C'est ce qui plaît à ma fille qui a mis toutes ses pensées en ce fou : ni lui ni elle n'ont l'usage de la parole, ils sont tous deux d'une même école, du même limon et de la même nature. Ma fille s'est mise en tête un fol amour et elle croit qu'il n'y a rien de mieux au monde. Maîtresses, je vous jure sur l'âme de mon père que si vous ne lui donnez pas d'autres leçons, vous aurez affaire à mon exaspération et à ma colère ; je vous ferai toutes mettre à mort.

Servantes et gouvernantes furent effrayées de ces menaces ; elles emmenèrent la jeune fille dans ses appartements et se mirent en mesure de la surveiller. Robert regagna sa voûte et alla se coucher sur la paille, tourmenté par sa grave blessure. Dans la salle où il n'avait pas envie de danser, l'empereur appela ses barons en conseil ; ils se rendirent ensemble à la chapelle, tinrent là leurs délibérations et parlèrent longuement du blanc chevalier qui se cachait, mais paraissait toujours à point nommé, sans convocation ni message. Les sages conseillers en discutèrent longtemps et finalement l'empereur résuma les propositions de chacun.

— Seigneurs, dit-il, que faire ? Comment attirer jusqu'à nous le blanc chevalier qui est blessé ?

— Vous ne l'aurez jamais, dit l'un des sages, si vous ne vous y prenez pas habilement. Jurez solennellement que vous lui donnerez votre fille, s'il veut l'épouser, et votre empire après votre mort. Vous ne pourriez la confier à un homme meilleur ni plus courageux, car c'est un homme à la volonté de fer. Après serment sur les reliques, faites crier un ban : que tous les sujets de l'empire se réunissent là-dehors en conseil. Vous y serez deux jours durant, vous y ferez venir votre fille et apporter la couronne devant nombre de puissants personnages. Qu'alors se présente l'homme à la blanche armure, qu'aucun empêchement ne le retienne, mais qu'il soit présent à ce jour sans délai. Accordez-lui la main de votre fille à condition qu'il présente des preuves irréfutables : le fer et sa blessure à la cuisse. Grâce à ce moyen habile nous pourrons avoir le chevalier. N'importe qui, d'ici à Compostelle, si puissant et de si haut rang soit-il, serait heureux en épousant la belle de recevoir un don si magnifique. Vous lui aurez bien rendu ce que vous lui devez, s'il épouse votre fille.

L'empereur apprécia ce conseil et les barons l'approuvèrent aussi. Il assura et jura que si le chevalier avait assez confiance en lui pour venir à la cour, il aurait sa fille avant de s'en retourner, s'il désirait l'avoir, et il insista habilement sur ce point.

On manda le crieur public, on lui dicta l'annonce qu'il devait faire et on se retira. Le crieur alla annoncer le ban ordonné par l'empereur; il s'en acquitta avec conscience et adresse. La nouvelle ne resta pas sur place et courut bien vite par le pays. Grands et petits, clercs et laïcs se hâtèrent pour être à la cour dans les deux jours et assister à ce spectacle hors du commun.

Lorsque le sénéchal apprit la nouvelle de cette assemblée, il ne sut d'abord que dire ni que faire. Il réfléchit intensément : quel moyen trouver pour demander la main de la demoiselle qu'il aimait plus que tout être au monde ? Il envisagea diverses solutions, certain que le blanc chevalier qui se comportait si bien à la bataille, à ce qu'on disait, ne viendrait pas réclamer son amie; il s'était suffisamment informé à son sujet pour savoir qu'il ne pouvait être un simple mortel et qu'il n'aurait donc rien à craindre de sa part. Il imagina de paraître dans deux jours à la réunion de Rome ; les hommes et les femmes le verraient vêtu de blancs équipements, sous l'appareil qu'avait le blanc chevalier ; il savait bien à quoi il ressemblait pour s'être renseigné en posant maintes questions. Il se ferait connaître sous cet aspect, mais il aurait à souffrir bien des épreuves avant d'avoir pour femme la belle et précieuse jeune fille.

Il s'en tint à cette décision, fruit de ses réflexions. Tout de suite il fit fabriquer un bouclier blanc, tout neuf, de belles armes, magnifiques et toutes neuves, comme les portait celui qui rendait courage aux Romains ; puis il chercha partout, jusqu'à ce qu'il eût trouvé un cheval blanc ; il veilla à ce qu'il eût des forces toutes fraîches et un harnachement semblable, avait-il entendu dire, à celui de la monture de la créature qui avait massacré les Turcs dans les affres de la bataille. Il se retira ensuite en un lieu écarté, tout seul ; je ne vous dis que la vérité.

Le jour de son départ, il accomplit un acte inouï, qui n'a pas son pareil ! Il gagna sans personne un coin solitaire — c'était une belle folie qu'on jugea insensée ! —, prit un long fer tranchant de lance, le plongea dans sa cuisse, l'enfonça d'un petit coup de marteau, ce qui le fit terriblement souffrir ; puis il garrotta la plaie en serrant fort pour que le fer ne sortît pas. Plût à Dieu qu'il ne guérît pas, puisqu'il voulait s'attribuer le mérite d'autrui ! Cela fait, il fit apporter les blanches armes dans un verger, sous les branches d'un arbre. Il s'arma tranquillement, en cachette, à l'abri d'éventuels témoins. Quand il fut magnifiquement armé, à l'insu de tout le monde, il monta à grand-peine à cheval et commit son énorme folie. Il pendit à son cou le blanc bouclier, partit sans perdre de temps, et se hâta vers Rome où l'empereur et ses hommes étaient réunis en une nombreuse assemblée.

Il y avait là tous les personnages de l'empire, comtes, ducs, princes, barons, accourus avec tout leur apparat, vavasseurs de noble naissance : on ne vit jamais si imposante assemblée de seigneurs. Le pape, le vénérable et très saint père, y était également et avait convoqué le clergé pour donner du lustre à l'assemblée. Tous avaient répondu à son appel, abbés et moines, prêtres consacrés, clercs, chanoines, archevêques, évêques, ermites, y compris le saint reclus qui habitait dans la forêt, loin de la presse, où Robert était allé se confesser; le pape le fit venir pour prier Dieu de leur envoyer ce jour-là le blanc chevalier sans qu'il soit retenu par quelque empêchement; il l'avait fait asseoir à ses côtés sur un banc.

L'empereur, dit l'histoire, était assis sur un tabouret d'ivoire, près de lui était sa fille à laquelle son père faisait honneur et témoignait son affection. Il lui posa sur la tête un étincelant diadème d'or. Elle était fraîche et avenante dans sa simplicité, plus vermeille que la rose, plus attirante que la fleur de lis. C'était un plaisir de la voir, somptueusement vêtue d'une soie brune et légère bordée de petites gouttes d'or.

Tout le monde était maintenant arrivé. Tout le jour ils restèrent sur place, sans bouger, jusqu'à none, nullement rassurés, parce qu'ils pensaient être privés de la présence du blanc chevalier; tous s'avouèrent déçus, puisqu'il ne paraîtrait pas à l'assemblée et n'obtiendrait pas la couronne.

Tandis que les Romains se laissaient aller à la crainte et aux regrets, le sénéchal entra par la porte de la ville, tout seul, sans suite. Il tenait dans sa main sa blanche lance, s'avançait seul à cheval et la blanche bannière flottait au vent jusqu'aux arçons de la selle. Il portait au cou le blanc bouclier, solide, long et large. En armes sur son cheval blanc il parcourait les rues, mais sitôt qu'on l'aperçut à l'intérieur de la ville, tous se placèrent sur le seuil de leur maison, à leurs fenêtres, aux étages pour le voir. Partout où il passait c'était une telle explosion de joie que le tapage et la liesse mettaient la cité en émoi : enfants, dames, jeunes filles, servantes, demoiselles, bourgeois et citoyens, rustres et courtois allaient à sa rencontre, répondaient à son salut; sous ses pas ils tendaient dans les rues tissus, tapis, courtepointes et s'inclinaient devant lui, les mains jointes. Quand il arriva à la grand-rue, tout le peuple s'amassa autour de lui.

Le tumulte créé par le tapage qui régnait à Rome chez les femmes comme chez les hommes, remplit de stupéfaction l'empereur qui l'écoutait et s'en trouva désemparé; ceux qui étaient là ne furent pas moins étourdis de tout ce bruit. Mais les nouvelles allèrent vite, les gens accoururent à l'assemblée que l'empereur tenait à sa cour.

— Il arrive! Il arrive, l'homme aux blanches armes! Nous le savons, il vient à la réunion, nous l'avons vu!

Si vous les aviez vus s'agiter, et les barons soupirer et verser des larmes de joie et d'émotion! Chacun tendait les mains vers Dieu et lui rendait grâce avec ferveur. De son côté l'empereur s'abandonnait à la joie, mais sa fille, la blonde, ne faisait pas mine d'être satisfaite ; sans forces, elle tremblait, redoutait un grave ennui, certaine qu'elle était en présence d'une machination et que le chevalier qui suscitait un tel vacarme n'était pas celui qui avait soutenu le choc de la bataille, puisqu'il était couché sous la chapelle, blessé, misérable, pieds nus.

C'est alors que le sénéchal apparut sous les yeux de tout le monde. Les rangs frémirent de satisfaction en le voyant s'approcher ; on ne put s'empêcher de pleurer sous le coup d'une émotion qui partait du fond du cœur. La venue du chevalier les combla de plaisir ; s'ils avaient vu Notre-Seigneur en personne, ils n'auraient pas été plus heureux ; l'empereur l'était comme s'il tenait Dieu par les pieds.

Surpris toutefois, les chevaliers échangèrent leurs avis et estimèrent que cet homme ne ressemblait pas au blanc chevalier dont la bravoure leur avait permis de vaincre les Turcs ; non, il ne lui ressemblait en rien.

— Regardez, faisaient-ils, avait-il si pauvre apparence ? Était-il si menu ?

Plus le sénéchal approchait, plus la ressemblance leur paraissait douteuse. Beaucoup n'y croyaient pas, d'autres étaient en désaccord avec eux.

— C'est tout simplement, disaient-ils, la blessure qui le fait souffrir et paraître plus petit.

Ils discutaient entre eux, mais se calmèrent à cause de l'empereur qui fit cesser le bruit : il ordonna en effet au crieur de monter au sommet du palais pour proclamer une annonce : que personne ne dise un seul mot, que personne ne bouge, que chacun reste assis à sa place, s'ils tenaient à ne pas le payer cher. Ils mirent alors fin à leur dispute et à la confusion.

Le sénéchal s'avança alors péniblement, car il souffrait de sa blessure. Les barons se levèrent face à lui, avec égard; tous s'inclinèrent profondément sans quitter leurs sièges, sauf ceux qui coururent jusqu'aux étriers du sénéchal à sa descente de cheval. Mais il attendit longtemps avant de mettre pied à terre, et prit toutes sortes de précautions à cause de sa blessure qui lui faisait mal. On obéit à ses recommandations, on le déposa doucement sur le sol, bien comme il faut. Il se fit soutenir par plusieurs hommes, ne pouvant tenir sur ses pieds, et n'en mit qu'un seul à terre. Avec beaucoup de peine, il alla demander à l'empereur de tenir sa promesse, fit délacer et ôter son heaume, clair comme un miroir, mettant fin à ses simagrées, mais garda sur la tête la coiffe plus blanche que la neige sur la branche. D'une voix haute et claire il prit la parole.

— Empereur, notre maître légitime, dit-il, je suis venu à votre cour après m'en être longtemps abstenu. Je n'y viens pas pour quelque contestation, mais je devais y venir. C'est moi qui vous ai servi et qui ai mérité le don de votre fille et de votre terre. Je suis venu vous les demander : accordez-les-moi tout de suite, ne tardez pas, car je m'en retournerai bientôt, vous le verrez. Que votre fille fasse ses préparatifs, je l'ai conquise les armes à la main et je l'épouserai à l'église.

— Vous l'aurez, dit l'empereur, mais nous voulons voir d'abord l'endroit où vous êtes blessé, la plaie et le fer, pour avoir des preuves. Qui que vous soyez, Breton ou Français, vous n'aurez pas ma fille, si nous ne voyons pas les preuves devant tous les gens ici présents.

— Seigneur, je ne dis pas non! Si je ne puis montrer les preuves, il est juste que je sois confondu.

Il se fit alors aider et soutenir pour ne pas tomber, puis mit sa cuisse à nu, ouvrit la plaie de ses deux mains et avec de grands efforts en retira le fer; il le présenta à l'empereur, tandis qu'il faisait semblant de mourir sous l'intolérable souffrance qu'il en ressentait. Les barons furent attristés et consternés à ce spectacle, effrayés à la vue de la plaie si hideuse et si noire.

— Il mérite d'être cru, disaient-ils, grands et petits, il doit avoir cet honneur.

L'empereur attesta que rien ne permettait de douter que ce fût le héros en question, celui qui avait infligé une honte cuisante aux païens, ce qui combla le sénéchal de bonheur. Et pour mieux faire la lumière sur l'affaire, l'empereur appela le brave chevalier qui avait blessé l'inconnu : qu'il se présente sans avoir peur, tout lui serait pardonné, quand il aurait couronné son gendre.

Le chevalier tremblait de peur; il s'avança vers l'empereur qui lui tendait le fer tranchant.

— Ami, dit-il, regardez donc et sur votre vie, gardez-vous bien de me mentir, car vous n'échapperiez pas à la mort. Je veux que vous m'indiquiez si c'est là le fer de votre lance, celui que vous aviez quand vous avez poursuivi le chevalier et l'avez blessé à la cuisse.

L'autre ne savait que dire, car il ne reconnaissait pas le fer, mais, qu'il le veuille ou non, il lui fallait dire la vérité; il fit effort sur lui-même, certain que ce fer n'avait jamais été celui de sa lance; le sien, il le reconnaîtrait bien, s'il le voyait, il n'en doutait pas. Mais celui-là, il ne l'avait jamais vu. Que faire alors? Que dire? S'il refusait de le reconnaître, on n'aurait pas foi en sa parole et tous s'écrieraient : « C'est un mensonge ! » et s'il déclarait que c'était le vrai, il trahirait son seigneur. Le chevalier était bien embarrassé ; il pria Dieu de l'éclairer. Finalement il prit la décision la meilleure à ses yeux et devait ne pas s'en détourner : il reconnaîtrait le fer pour sien ; le chevalier qui briguait la main de la demoiselle le récompenserait largement, s'il mettait un terme à son affaire.

Le sénéchal lui reprocha de le faire languir : qu'il dise donc s'il avait reconnu le fer, puisqu'il avait eu tout le temps de le voir, et qu'il ne tarde plus ; que lui soit pardonnée une insistance qui avait pu le blesser. Le chevalier le remercia, s'inclina devant lui, puis dit à l'empereur :

— Seigneur, ne craignez plus rien : il n'y a aucun doute sur cet homme. C'est lui qui a sauvé votre peuple et qui vous a rendu l'honneur, car voici mon fer qu'il a retiré de sa cuisse et dont je l'ai frappé et blessé. Songez à le récompenser.

— Il le sera, dit l'empereur, je lui ferai épouser ma fille et en outre avant qu'il s'en aille, je lui ferai porter couronne.

Il s'avança alors et s'adressa au sénéchal devant tous les barons réunis. Écoutez à présent la réponse diabolique que fit le sénéchal à l'empereur.

— Cher seigneur, lui dit celui-ci, vous qui voulez avoir l'empire et le pouvoir à Rome, je désire tout savoir de vous. Qui êtes-vous ? Ne me le cachez pas. Quel est votre nom ? Je veux tout savoir, d'où vous êtes, de quel pays, vous qui m'avez si bien servi en massacrant mes ennemis.

— Seigneur, lui répondit le sénéchal, je ne suis pas un étranger. J'ignore la flatterie : je vous ai longtemps servi et j'ai longtemps mérité votre affection. Je suis votre sénéchal, c'est moi qui ai réparé les pertes et les dommages de Rome. Seigneur, si vous avez été intraitable à mon égard, je ne vous en ai jamais tenu rigueur.

L'empereur le regarde, comprend tout et le reconnaît à son visage, fin, coloré, clair et frais.

— Quoi, sénéchal, c'est donc vous !

— C'est moi, seigneur.

— Dieu, qui a jamais été témoin d'un fait aussi sensationnel ! Je sais maintenant que Dieu m'assiste, élève ma grandeur et mon honneur.

A ces mots et en silence il courut vers lui, l'entoura de ses deux bras et le baisa cent fois de suite.

— Mon Dieu, dit-il, comme me voilà soulagé ! Pourquoi être en peine désormais, quand tous mes désirs sont satisfaits ? Cet homme qui me faisait la guerre est venu chaque année au secours de mon empire, il est venu combattre à mes côtés et s'est jeté en des lieux où, si on l'avait reconnu, il aurait été misérablement tué sur place. Maintenant c'est la volonté de Dieu qu'il soit le seigneur de Rome. Mes hommes jusqu'ici souhaitaient notre réconciliation, souvent ils m'en entretenaient, mais mes sentiments hostiles à son égard m'interdisaient fermement de lui donner ma fille en mariage. Soit, j'en ai fait le vœu à Dieu, les Romains l'auront pour protecteur, j'y consens volontiers, je ne manquerai pas à ma parole. Il aura tout, puisque Dieu le lui donne, fille, empire et couronne.

Quand le sénéchal entendit ces propos, de joie il se jeta aux pieds de l'empereur, mais celui-ci le releva et le mena devant la jeune fille, si accablée qu'elle était presque folle de rage. Elle supplia du fond du cœur Notre-Seigneur de la guider, de lui suggérer une idée pour démasquer la machination du sénéchal qui avait recours à la ruse et à la fourberie pour l'abuser. Elle pria Dieu, préférant mourir et être emportée par une mort subite plutôt que d'appartenir au sénéchal et de l'avoir pour époux.

— Demoiselle, disaient les comtes, pourquoi pleurez-vous? Vous avez tort, vous auriez dû sauter de joie, quand un homme d'un tel mérite daigne vous prendre pour femme et veut gagner votre amour. Vous devriez en remercier Dieu et vous ne faites que pleurer!

Lorsque ceux de l'assemblée apprirent la vérité sur celui qui les avait tant aidés et qui les avait mis en cause, à savoir, que c'était le sénéchal venu pour réclamer l'empire, ils furent pris d'un enthousiasme si bruyant qu'on n'aurait pas entendu le tonnerre de Dieu. L'empereur alla trouver sa fille en tenant le sénéchal par la main.

— Ma fille, lui dit-il, soyez gaie, courtoise, faites bonne figure : je vous amène votre mari, je le remets en vos mains et je vous donne à lui en mariage. Acceptez-le de bon cœur, c'est le sénéchal de ma terre qui pour vous avoir me faisait une dure guerre, c'est le bon et brave chevalier, le hardi, l'audacieux guerrier, le fort, le beau chevalier au blanc bouclier qui nous a ramenés à la vie. C'est lui qui nous a secourus, qui nous a sauvés, c'est lui qui a causé la perte des Turcs, qui par trois fois a été notre soutien, notre défenseur, grâce à qui les Turcs ne nous ont infligé ni honte, ni dommage, ni défaite et se sont enfuis en tremblant. Ma fille, faites-lui bonne figure, accueillez-le, ne tardez plus et surtout ne pleurez plus. Que Dieu, le Très-Haut, sache que c'est le chevalier lui-même qui a fait merveille à la bataille.

— Cher père, dit la jeune fille, sachez-le, ce n'est pas lui!

— Ma fille, vous parlez ! C'est vous qui venez de parler, qui avez commencé à parler !

— Mon cher père, depuis toujours j'ai été muette, jusqu'à ce jour, jusqu'à cette heure où vous êtes accouru vers moi pour que j'épouse le sénéchal et que je fasse de lui mon ami. Dieu ne veut pas cette union, car il n'a pas reçu de blessure au retour de la bataille. Tout ce qu'il vous raconte est faux. Nous sommes d'autres à le savoir, nous avons tout près d'ici celui qui a vaincu et écrasé les Turcs et qui l'a cher payé, car il a été blessé. Dieu qui en a ressenti du courroux vient de faire pour lui un miracle dont on parlera toujours : il m'a rendu la parole.

Quand son père l'eut entendue, de joie il courut l'embrasser ; nulle part on ne verra homme si heureux ; parmi les assistants il n'en était pas un qui n'exultât et ne pleurât d'émotion. Un grand bruit s'éleva dans la cour où la foule se pressait dans une cohue passionnée pour voir le beau miracle et contempler la jeune fille. Le sénéchal pensa que Dieu lui-même était l'auteur de sa confusion ; l'affaire devait de toute façon mal se terminer, puisqu'il avait l'intention de tromper son seigneur.

Tandis que dans l'immense foule les gens s'agglutinaient les uns aux autres et qu'on se bousculait sans gêne, le sénéchal n'attendit pas ; il fit demi-tour et fendit la presse ; comme un traître il s'enfuit vers son cheval, sans que personne ne l'arrêtât et ne lui fît obstacle. Il ne pensa plus à sa jambe tordue, à sa blessure ni à sa plaie ; ce qu'il vit lui donna une peur panique, il courut à son destrier et, le pied à l'étrier, monta en selle. Il prit la fuite à toutes brides, coiffé d'un infâme chapeau de honte et de malchance, dont il porte la marque aujourd'hui encore.

Je vous dirai maintenant ce que firent les hommes et les femmes à l'assemblée de Rome. Ils étaient si pleins d'allégresse, comme je le lis dans mon livre, qu'ils pensaient à jamais ignorer la tristesse. Les barons les plus expérimentés s'assemblèrent autour de la jeune fille ; le beau miracle leur tirait des larmes de joie. Gravement, l'empereur s'adressa à sa fille et la serra dans ses bras.

— Ma fille, dit-il, je suis réconforté, mais je reste sous le coup de ce que vous m'avez dit : qu'en ce pays se trouve le seigneur digne de posséder ma terre et qui a mis fin à ma guerre. Puisque vous en savez tant, dites-nous encore, si vous le savez, où nous pourrons le trouver ; nous aurons des nouvelles de lui qui le feront venir pour vous épouser et pour régner après moi sur Rome.

— Mon père, je puis vous renseigner sur le bon et noble chevalier qui a vécu dix ans en cette ville sans que vous le connaissiez et puissiez savoir son nom. A présent Dieu ne veut plus qu'il reste caché, mais souhaite l'élever grâce à moi en un haut rang et grâce à lui rehausser mon honneur personnel. Pour le bon, le glorieux, le très saint chevalier qui a trois fois défendu Rome, Dieu m'a rendu la parole et a fait un miracle pour lui. Le voici là-dessous, sous la voûte de la chapelle où il est couché. C'est celui qu'on appelle le fou et qui mange toujours avec le chien. Je vous affirme qu'il n'est nullement fou, mais que c'est un chevalier preux, sage et noble de par tous ses lignages et, sachez-le, de haute origine. Mais par pénitence il cache son identité, comme vous pouvez le voir à sa mine. Plusieurs fois vous m'avez blâmée et injuriée parce que je vous faisais des signes pour vous montrer qu'il était digne de grands honneurs, et estimé, à ce qu'on disait, du monde entier; mais jamais vous n'avez voulu me croire et vous preniez tout cela pour mensonge, dérobade, folie, plaisanterie et imagination. Vous m'obligiez à quitter la table, mon père, et maintenant Dieu veut que soient confirmés mes propos sur ce chevalier qui avait mon estime, lui qui est couché sans souliers sous l'escalier. Où est maintenant le sénéchal? Il est devenu muet, me semble-t-il, on dit qu'il s'est enfui, on l'a vu s'esquiver hors de la cohue.

Quand l'empereur et ses hauts barons entendirent que le fourbe, le menteur qui était venu les duper leur avait échappé, ils enragèrent de ne pas le tenir; mais ils étaient contents de l'autre nouvelle que leur avait apprise la jeune fille sur celui qu'ils prenaient pour un fou et qu'ils traitaient avec désinvolture : c'était donc le brave et preux chevalier qui avait mis en déroute les Turcs! Stupéfaits par cette incroyable révélation, jeunes et vieux se mirent à pleurer, émus par un sentiment de pitié.

— Quoi? firent-ils. Qu'est-il arrivé? A-t-on jamais ouï dire qu'on ait assisté en quelque empire à un prodige pareil à celui-là? Ah, Seigneur Dieu, pitié! Qui ne croit pas en vous est un manant : nous tenions encore tout à l'heure pour un sot et pour un fou bizarre celui qui est venu combattre avec nous si bien et si hardiment qu'à lui seul il a remporté la victoire. Grâce à lui l'engeance perverse a été anéantie.

— Seigneur, dit la demoiselle, je vais vous raconter tout autre chose et on sera bien obligé de me croire, parce que je fournirai de bonnes preuves. Je ne tiens pas pour sage celui qui tout à l'heure avait en main le fer de lance apporté par le sénéchal pour mettre fin à vos doutes. Parce qu'il n'a rien fait de bien ! Il prétend que ce fer est à lui et qu'il a frappé le blessé près du bois. Il vous a menti en pleine figure : le sceau et la bulle étaient faux, et faux son témoignage. Je sais où se trouve le fer : j'ai vu celui qui le cachait en échappant à tous les regards. Je ne peux plus attendre, il faut que j'aille vous le chercher.

La gentille demoiselle ne perdit pas de temps et garda tout son sang-froid. Elle dégrafa son manteau et, débarrassée de lui, fendit tranquillement la foule; elle alla jusqu'au jardin, à la source, et sous l'herbe et le sable elle mit au jour le fer caché dans la terre : elle n'avait pas eu à chercher longtemps. Toute joyeuse, le visage radieux, elle revint auprès de son père et le lui donna devant toute la noble assistance pour qu'il le regardât bien, une fois en main. L'empereur alors demanda au chevalier, légitime possesseur du fer, de s'avancer. Il le lui tendit et le conjura de ne pas mentir, de dire si ce beau et solide fer était vraiment à lui.

A sa vue, le chevalier eut peur et tomba aux pieds de l'empereur.

— Seigneur, dit-il, je le jure sur l'existence de Dieu, j'ai apporté ce fer de Pavie où je l'avais commandé et acheté; il n'en est pas de meilleur jusqu'à Césarée. Je l'ai gardé il y aura plus de sept ans cet été et avec lui j'ai blessé l'homme pour qui sont en transe les Romains.

Ses compagnons confirmèrent son témoignage.

— Chevalier, dit l'empereur, sur l'âme de votre père, dites pourquoi vous avez menti à propos de ce fer que vous aviez entre les mains.

— Seigneur, je vais vous le dire, et je vous

dirai tout. J'ai vu devant vous le sénéchal, qui vous était cher, et tout le monde lui souhaitait sincèrement d'avoir honneur et succès, et de se marier avec son amie. J'ai compris que ce mariage n'aurait pas lieu, si je donnais un démenti au sujet du fer. Je vous ai abusé, pardonnez-le-moi pour cette fois ; vous n'aurez jamais à me blâmer.

L'empereur le tint pour quitte, sur les instances de sa fille qui lui était si chère, et pardonna de bon cœur, heureux de cette issue miraculeuse. Il lui tardait de voir celui qui était couché, blessé sous la chapelle ; il convoqua dix de ses plus hauts et de ses meilleurs barons à une réunion.

— Seigneurs, leur dit-il, vite, allez, amenez-moi le chevalier couché sous la voûte de la cave, nous verrons ce qu'il dira.

Attentifs à ses ordres, ils descendirent sous la voûte pour aller chercher le chevalier qui se plaignait de sa blessure et dont le visage était blême. Ils le trouvèrent qui soupirait et gémissait et le mirent sur son séant. Robert se laissa faire, il leur obéit et fit péniblement quelques pas. Les joues enfoncées, le malheureux ne savait pas ce qui lui arrivait. Ils le soulevèrent par les aisselles, le prirent solidement dans leurs bras et le tirèrent hors du porche. La plaie de ce brave le faisait tant souffrir qu'il geignait à haute voix sous l'effet de la douleur ; il pensait en mourir. Avec des ménagements, on le transporta jusqu'à l'assemblée devant l'empereur, le pape, le saint ermite et tous ceux qui étaient présents. Il fut accueilli dans la joie, on se leva en sa présence en se gardant de le toucher pour ne pas lui faire de mal. La belle demoiselle fit de même et s'inclina avant tous les autres.

On assit Robert malgré lui sur un fauteuil d'or massif, sous les yeux de l'empereur. Il redoutait qu'on ne soit au courant de ses actes dont il se garda bien de parler, d'après ce que je trouve en mon écrit. Les Romains qui lui rendaient honneur furent si émus de sa souffrance qu'ils en eurent les larmes aux yeux. Dès que le tumulte se fut calmé, l'empereur lui adressa la parole :

— Cher frère, cher ami, qui êtes-vous ? Ne me le cachez pas. Comment vous appelez-vous ? Nous connaissons parfaitement votre situation, votre genre de vie et les raisons de votre discrétion : vous êtes un pénitent, c'est vrai. Mais ne vous offusquez pas de nos questions. Par Dieu, nous vous demandons de ne plus faire de mystère, mais de nous raconter tout ce qui vous est arrivé.

Robert, qui ne voulait pas prononcer un seul mot, pleura, soupira du fond du cœur. En présence de l'assistance, il restait ébahi, sachant qu'on l'avait percé à jour.

— Chevalier, dit la jeune fille, j'ai été muette jusqu'à ce jour. Par amour pour vous Dieu m'a rendu la parole depuis que l'heure de none a sonné, parce que sa volonté est qu'avec la couronne vous soyez seigneur de l'empire. Je vous conjure au nom du roi du ciel de tout nous dire sur vous, qui vous êtes et d'où vous veniez, quand vous êtes arrivé chez nous.

La belle eut beau l'y inviter, Robert refusa de répondre ; il pleurait sous le coup de l'émotion, il remerciait Dieu d'avoir rendu à la jeune fille la parole. Il venait de l'entendre ! Voyant qu'elle ne parviendrait pas à tirer un mot de Robert, la noble jeune fille se mit à pleurer amèrement.

— Seigneur, dit-elle au pape, au nom de Dieu

qui a créé le monde, faites-le donc parler, puisqu'il ne veut rien savoir de nous, tant que nous ne l'aurons pas convaincu!

— Frère, fit le pape, ne prenez pas mal mes propos. Je vous conjure par le roi de gloire de nous raconter votre vie, telle que vous en avez le souvenir, ce sera une grande preuve de bonté à notre égard.

Robert continuait à se taire, ce qu'il entendait ne lui plaisait guère. Devant son silence, le pape ne savait à qui s'adresser pour connaître la vie de l'inconnu, si ce n'est au saint ermite qui habite la vaste forêt. Il l'en pria à voix basse et l'ermite s'adressa en toute simplicité à l'hôte qu'il avait jadis eu chez lui.

— Mon ami, par Dieu, dites-moi, je vous le demande, qui vous êtes, je désire le savoir, si vous voulez avoir mon action de grâce et ma bénédiction.

Ces paroles mirent Robert en confiance et le réconfortèrent, car jusqu'alors il s'était abstenu de répondre à cette invitation.

— Seigneur, je vais vous le dire et je ne vous mentirai en rien. Puisque vous m'ordonnez de parler, je répondrai sincèrement à votre question; je ne dois pas vous cacher mon état, il est juste que je vous dise la vérité. Je suis né en Normandie, le duc était mon père et la duchesse ma mère; mon aïeul était le comte de Poitiers, mais ma naissance fut contre nature. Mal inspirée, ma mère me demanda au diable qui m'obligea à commettre tant de crimes et de fautes de jeunesse. J'en ai fait ici même pénitence, celle que j'ai reçue de vous. Voilà, je vous ai tout appris à mon sujet et je puis vous dire mon nom : Robert est celui de mon baptême.

A l'assemblée avaient assisté quatre seigneurs, d'un âge déjà avancé, grands personnages de Normandie. Ils avaient longtemps séjourné à Rome pour avoir des nouvelles de Robert, après l'avoir recherché sans relâche en maints pays. Dès qu'ils l'entendirent parler, ils furent remplis de joie et tous les quatre se jetèrent à ses pieds devant le peuple. En larmes, ils implorèrent sa pitié.

— Noble seigneur, dirent-ils, vos gens font appel à votre pitié, allez à leur secours, le monde entier leur tombe dessus. Hâtez-vous, seigneur; que ni ami ni amie ne vous détourne d'aller les aider, victimes d'injustes attaques de votre parenté : chaque jour ils causent de graves dommages aux hommes de votre terre, mis à mal dans cette guerre. Seigneur, le duc, votre père, est mort, ainsi que votre aïeul, le puissant comte qui avait tant aimé les siens. C'est à vous que reviennent les fiefs, à vous, le seul vaillant; c'est à vous qu'ils doivent appartenir. Votre parenté vous trahit et pense vous en déposséder. Ne vous laissez pas dépouiller de votre héritage. Seigneur, vous avez trop attendu.

Après les avoir écoutés, l'empereur déborda de joie : les nouvelles que les Normands apportaient rehaussaient son prestige, sa puissance, sa parentèle; il n'avait jamais été aussi heureux. Il s'approcha de Robert sous les yeux de l'assemblée.

— Robert, mon ami, si le duc, votre père, est mort, si valeureux durant sa vie, consolez-vous : je serai pour vous un bon père, vous épouserez ma fille et je vous donnerai tout mon empire; vous en serez le seigneur avant moi, le maître, l'administrateur, le chef, le justicier et l'empereur.

— Empereur, font les messagers, à notre avis Robert ne serait guère sage si, pour épouser votre fille, il renonçait à défendre sa terre qui sera ravagée et détruite, s'il ne se dépêche pas d'aller la secourir.

— Seigneurs, écoutez-moi, dit Robert. Par Dieu, je vous en supplie, calmez-vous ! Retournez chez vous. Non, je ne vivrai pas un seul jour dans le siècle, de toute mon existence, mais je veillerai à ce que l'Ennemi ne puisse s'emparer de ma pauvre âme et la séduire par vanité. Je ne veux pas perdre le paradis. Vous avez entendu dire quelle sorte d'homme j'étais ; je ne retomberai pas dans le mal. Choisissez donc dans ma famille un homme valeureux et sage capable de défendre mes fiefs : c'est lui que vous devez chercher. Je vous le déclare tout net : je n'irai pas avec vous cette fois-ci.

— Ami cher, dit l'empereur, acceptez le don que je vous ai promis, si vous voulez me croire.

— Non, seigneur, loin de moi ! Jamais, s'il plaît à Dieu, le fils de Marie, je ne risquerai le salut de mon âme que j'ai sauvegardée par mes efforts. Je renonce à vos domaines et à votre fille. Jamais, s'il plaît à Dieu, je ne posséderai, je ne baiserai, je ne caresserai la demoiselle ; je ne veux pas entendre parler de plaisir, aussi longtemps que mon âme animera mon corps. Je vais m'en aller avec l'ermite dans la forêt profonde, bien décidé à ne jamais me séparer de lui. Avec lui je serai au service du Supplicié qui pour nous a accepté la mort et qui par sa mort a vaincu Satan. Je vous demande seulement qu'en récompense de mon service, vous me fassiez porter dans le bois jusqu'à l'ermitage où je mortifierai ma chair et ferai soigner ma blessure. Telle est ma décision. Je suis si attaché à l'ermite que je ne le quitterai jamais et que je vivrai à ses côtés. Puisqu'à présent vous savez tout de moi, je veux m'en aller, et sur-le-champ. Me donnerait-on le monde entier, tous les hommes qui y vivent, toutes ses richesses, je ne demeurerais pas ici un instant de plus, ni un seul jour dans le siècle. Faites qu'on m'emporte d'ici, car je souffre beaucoup de ma blessure et je veux aller à l'ermitage.

— Puisque ni mon empire, ni l'argent, ni l'or, dit l'empereur, ne vous convainquent de rester, je vais vous faire porter au logis de l'ermite, ici présent; mais nous sommes tous attristés et peinés de votre départ.

— Empereur, mon seigneur, dit l'ermite, puisque Robert a maintenant son père auprès de Dieu, le roi du ciel, et désire être ermite avec moi, permettez-lui de venir chez moi, vous ne pouvez le retenir, puisqu'il s'est donné à Jésus-Christ, le créateur du monde.

— Soit, dit l'empereur. Puisqu'on ne peut le retenir, je le ferai volontiers porter là-bas.

Il fit alors venir ses charpentiers qui fabriquèrent une litière et y fit coucher Robert; son départ fut immédiat. Les enfants, les dames, les jeunes filles, les servantes, les demoiselles, l'empereur et tous ses gens escortèrent la litière sur une bonne lieue hors de Rome, chacun avec une triste figure. Après avoir dit adieu à Robert, ils le recommandèrent à Dieu et l'ermite qui consacrait sa dure existence au Seigneur l'emmena avec lui dans la forêt.

Robert guérit et retrouva la santé. Vint le jour où l'ermite trépassa, récompensé par Dieu des mérites et des privations qu'il avait acceptées pour lui. Elles avaient été réelles, j'en suis certain.

Plongé dans l'affliction, Robert l'enterra dans la chapelle, nous dit l'histoire. Il lui survécut longtemps et à sa place servit Dieu dévotement dans l'habitacle. Dieu fit maint miracle en sa faveur ici-bas, avant qu'il mourût à son tour.

Ceux qui allaient à lui le considéraient comme un saint ermite. Il mourut au fond des bois, dans l'ermitage même. Quand les Romains l'apprirent, ils allèrent, dans une profonde vénération, en belle procession pour l'enlever de l'ermitage, portèrent son corps à Rome et l'ensevelirent à Saint-Jean-de-Latran ; clercs et prêtres l'inhumèrent à droite, à l'entrée de l'église. C'est là qu'est encore sa sépulture, je puis l'affirmer.

Une importante assemblée se réunit ensuite à Rome ; on y vint de tous les pays pour mettre fin à nombre de guerres. Un puissant seigneur du Puy y vint aussi, s'enquit de la vie de saint Robert et vola dans son tombeau les ossements qu'il y trouva, sans en demander davantage. Il retourna dans son pays ; près du Puy, au bord d'une rivière, il fonda une riche abbaye sous le vocable de saint Robert. Il y plaça abbé, moines et prêtres ; l'endroit devint célèbre. La belle abbaye existe encore, on l'appelle l'abbaye saint Robert.

BIBLIOGRAPHIE

Robert le Diable, édition E. Löseth, Société des anciens textes français, 1903, d'après le manuscrit, B.N. fr. 25510.

Exemplum d'Étienne de Bourbon, éd. J. Berlioz, Paris, 1977 (thèse dactylographiée). L'*exemplum* est dans le *Tractatus de diversis materiis predicabilibus*, 3ᵉ partie, *De dono scientie* (entre 1250 et 1261).

Chroniques de Normandie, fin du XIIIᵉ siècle. Elles consacrent leurs six premiers chapitres à l'histoire de Robert le Diable. Des travaux en cours sur ce texte ont été entrepris par Geneviève Labory.

Miracles de Notre-Dame de Gautier de Coincy, éd. G. Paris et U. Robert, Société des anciens textes français, t. VI, 1881. Le Miracle de Robert le Diable est le nº 33 du recueil (2 279 vers) qui en comporte quarante. Il a été représenté en 1375 et appartient au répertoire d'une confrérie parisienne vouée au culte de la Vierge.

Dit de Robert le Diable, éd. E. Breul dans Mélanges A. Tobler, pp. 464-509, Halle, 1895.

Sir Gowter, ein englischer Romanze aus dem XV Jahrhundert, éd. E. Breul, Oppeln, 1885.

La vie du terrible Robert le dyable, chez Pierre Maréchal et Barnabé Chaussard, Lyon, 1496. Cette édition a été suivie de huit autres à Lyon, Paris, Rouen.

Études.

P. Meyer, *Sur le thème de l'enfant voué au diable*, *Romania*, t. 33, 1904, pp. 163-178.

P. Ménard, *Les fous dans la société médiévale, le témoignage de la littérature aux* XIIe *et* XIIIe *siècles*, *Romania*, t. 98, 1977, pp. 434 ss.

G. Paris, *Histoire poétique de Charlemagne*, 1865. L'ange qui dans le roman apporte la pénitence à l'ermite rappelle la messe de saint Gilles, pp. 148-153.

J. Berlioz, « Métaphores, lieux communs et récit exemplaire, les images de la folie simulée dans *La vie du terrible Robert le dyable* de 1496 », in *Symboles de la Renaissance, Arts et Langage*, t. II, Paris, 1982, pp. 39-108, 231-236.

R. Colliot, « Le rapport dramatique mère/enfant dans le récit médiéval, La mère dénonciatrice du crime », in *Les Relations de parenté dans le monde médiéval*, Senefiance, 26, 1989.

TABLE

Introduction 5

Robert le Diable 21

Bibliographie.............................. 121

GF Flammarion

14/09/192910-IX-2014 – Impr. MAURY Imprimeur, 45330 Malesherbes.
N° d'édition L.01EHPNFG0878.C004 – Octobre 1996 – Printed in France.

So benutzen Sie dieses Buch

Die **PONS Grammatik kurz & bündig DEUTSCH** bietet Ihnen eine übersichtliche Darstellung der aktuellen deutschen Sprache in Deutschland, Österreich und der Schweiz. Anhand zahlreicher deutscher Beispielsätze können Sie die Regeln der deutschen Sprache auf einfache und verständliche Weise erlernen oder wiederholen.

Wenn Sie schnell und gezielt etwas nachschlagen wollen, hilft Ihnen dabei unser Leitsystem: Orientieren Sie sich zunächst an den **Kopfzeilen** mit den Kapitelüberschriften. Zu den Unterkapiteln, die Sie besonders interessieren, gelangen Sie dann ganz leicht mit Hilfe der **Fußzeilen**!

Darüber hinaus finden Sie unter der Rubrik **Leicht gemerkt!** das Wichtigste zu jedem Kapitel in diesem Buch noch einmal in Kurzform zusammengefasst. Wenn Sie sich also zu einem bestimmten Grammatikthema einen kurzen, aber gründlichen Überblick verschaffen wollen, dann können Sie sich an diesem Leicht-Merk-System orientieren!

Bei der Arbeit mit diesem Buch helfen Ihnen die folgenden Symbole:

! Hier wird auf eine Regel oder Besonderheit hingewiesen, die Sie nicht übersehen sollten.

Kleine Tipps verraten Ihnen an dieser Stelle, wie Sie sich die Regeln besser merken können.

Bestimmte Regeln kann man sich auch spielerisch ganz leicht erarbeiten. Probieren Sie doch einmal unsere Spiel- und Übungsvorschläge an dieser Stelle aus!

▶ Hier wird auf ein anderes Grammatikkapitel verwiesen, z.B. ▶ Kapitel 6 Das Verb

Im Anhang finden Sie außerdem einige **Erklärungen wichtiger Grammatikbegriffe** und ein ausführliches **Stichwortregister**, mit dem Sie nach bestimmten Themen gezielt suchen können. So wird die **PONS Grammatik kurz & bündig DEUTSCH** zu Ihrem wertvollen Begleiter beim Erlernen der deutschen Sprache.

Viel Spaß und Erfolg!

Inhalt

So benutzen Sie dieses Buch 3

Laute und Buchstaben 7

1 Der Artikel 8
Der bestimmte Artikel 8
Die Verbindung von Präposition und bestimmtem Artikel 9
Der unbestimmte Artikel 9
Der Negationsartikel 10
Die Negation mit *nicht* bei Substantiven mit bestimmtem Artikel . . . 11
Der Gebrauch der Artikel 11
Ohne Artikel 12

2 Das Substantiv (Nomen) 14
Das Genus des Substantivs 15
Der Numerus 18
Der Singular **18**
Der Plural **19**
Die Kasus 21
Typen der Deklination im Singular **21**
Bildung des Genitivs **23**
Die Deklination im Plural 24

3 Die Pronomen 26
Die Personalpronomen 27
Die Anrede 28
Der Gebrauch des Pronomens *es* 29
Das Reflexivpronomen 29
Das Possessivpronomen 31
Das Demonstrativpronomen 33
Die Relativ- und Interrogativpronomen 37
Die Indefinitpronomen 39

4 Das Adjektiv 44
Die Deklination des Adjektivs 44
Das Adjektiv ohne Artikel **45**
Das Adjektiv nach bestimmtem Artikel **46**
Das Adjektiv nach unbestimmtem Artikel **48**
Besonderheiten bei der Deklination 49
Substantivierte Adjektive 50
Andere Wortarten als Adjektive 50
Die Steigerungsformen 51
Unregelmäßige Steigerungsformen **52**
Die Verstärkung von Adjektiven **52**

5 Die Zahlen 54
Das Zahlwort als Adjektiv 55
Die Grundzahlen 55
Lust auf Mathematik? 57
Die Währungen im deutschsprachigen Raum 57